DAVID LOZANO

EL LADRÓN DE MINUTOS

edebé

© David Lozano, 2016

© Edición: EDEBÉ, 2016
Paseo de San Juan Bosco, 62
08017 Barcelona
www.edebe.com

Atención al cliente: 902 44 44 41
contacta@edebe.net

Directora de Publicaciones: Reina Duarte
Editora: Elena Valencia
Ilustración: David Guirao
Diseño: Book & Look

1ª edición, septiembre 2016

ISBN 978-84-683-2765-5
Depósito Legal: B. 14931-2016
Impreso en España
Printed in Spain

A Marcos Trívez Utande, mi ahijado, con el deseo de que nunca deje de estrenar nuevas edades con una sonrisa.

...Y PERDÍ MI CUMPLEAÑOS

El pasado seis de octubre cumplí diez años por última vez.

No quiero decir que haya cumplido esa edad varias veces, me refiero a que no volveré a cumplir años nunca más.

Nunca. Ha sido mi último cumpleaños.

Y no, no voy a morirme. Lo que ocurre es que las Autoridades han decidido eliminar un día del calendario y la fecha elegida ha sido, precisamente, el seis de octubre.

Mi seis de octubre.

El día en que nací.

Entre trescientos sesenta y cinco días, todos iguales con sus veinticuatro horas cada uno, han escogido *justo esa fecha*.

Ya es «oficial», lo que significa (me encanta aprender

palabras nuevas) que las Autoridades no se pueden arrepentir.

Está hecho. No hay vuelta atrás por mucho que llore o me queje. Ya no estrenaré jamás una nueva edad. Me he quedado en los diez años.

El seis de octubre ha sido arrancado de los calendarios.

«A partir del próximo año, del cinco de octubre se pasará al siete», ha dicho el profe en clase, muy solemne.

Así he aprendido lo que siente uno al quedarse, de repente, sin fecha de cumpleaños. Como quien se queda sin merienda, pero para un asunto mucho más importante. Y para siempre.

Me siento un poco huérfano. «Eres ahora un apátrida del tiempo», ha dicho el profe señalándome, como si yo me hubiera convertido de la noche a la mañana en un bicho raro. Todos los compañeros me observaban.

Todavía no sé lo que significa «apátrida», pero seguro que no es nada bueno.

Ni siquiera estoy seguro de tener aún diez años; el día en que nací ya no existe, así que tampoco puedo contar a partir de esa fecha. A lo mejor me he quedado sin edad.

Qué cosas, un día te levantas y resulta que ya no tienes edad. Tal vez ahora tenga cero años. ¿Me voy a convertir en un bebé?

Espero que a mi familia no se le ocurra ponerme pañales, como a la abuela.

Mi abuela tiene por lo menos trescientos años. Ca-

mina con bastón y a veces se deja la sonrisa en un vaso y entonces no entiendo lo que habla. Ella es muy especial. Andan diciendo últimamente que tiene una catarata en un ojo. Yo no sé cómo se puede tener algo así en un ojo, sin un río detrás.

Llorar tiene que ser muy fácil si tienes una catarata en un ojo.

Mi abuela es tan vieja que cuando era pequeña no existía la Play. Papá dice que ella es tan mayor que sus recuerdos son en blanco y negro. A mí me encantan las fotos en blanco y negro.

Ahora que lo pienso, seguro que a la abuela no le importaría que le quitaran el cumpleaños. Debe de estar harta de cumplir. Ella nació un doce de marzo. ¿Por qué no han quitado del calendario el doce de marzo, en vez de mi seis de octubre?

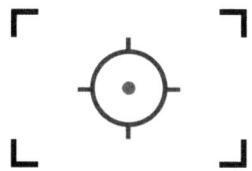

MI VIDA ES UN «DRAMA»

Pues sí. El seis de octubre ya no existe.

De la noticia me he enterado en el cole y más tarde, ya en casa, papá y mamá me han llamado desde el salón para hablar conmigo en plan serio-serio. Me he dado cuenta de que se avecinaba «conversación» porque mamá me ha llamado por mi nombre completo: E-duar-do-Ma-rí-a.

Odio mi nombre.

¿Por qué no se conformaron con llamarme Edu?

Puestos a quitarme la fecha de cumpleaños, podrían haber borrado también mi segundo nombre.

Pero no. Aunque ya no tengo cumpleaños, me sigo llamando Eduardo María. «Mi vida es un asco», como grita mi hermana Nuria desde su habitación cuando no la llama su novio o cuando tiene que estudiar.

El caso es que he salido de mi cuarto al oír a mi madre y he acudido al salón.

Después, conmigo delante, papá ha seguido el ritual reservado para estas ocasiones: primero suspira, se rasca el pelo de la cabeza, luego se encoge de hombros y, finalmente, gira hacia mamá su cara esperando a que ella comience su discurso. Hacer todo eso se llama «delegar». Cuando papá «delega», mamá se convierte en mamá-portavoz. Alguien es «portavoz» cuando habla en nombre de otros. No es que los dos hablen a la vez o mamá ponga voz extraña en plan médium, lo que pasa es que lo que ella dice también lo piensa papá (o eso cree papá).

–Han quitado tu fecha de cumpleaños, pero nosotros te vamos a querer igual –comienza mamá–. Te seguiremos haciendo regalos.

–¿Cuándo? –pregunto, atento al dato fundamental.

Esa cuestión los descoloca. Se miran.

–¿Cuándo prefieres? –papá interviene; sin duda nos encontramos ante una situación excepcional–. ¿El cinco de octubre o el siete?

Papá me está dando a elegir entre la víspera de mi antiguo cumpleaños o el día siguiente. Claro. Pero no es lo mismo. Así no me hace ilusión. O, al menos, no tanta. Tendrán que hacerme regalos carísimos para compensar, acabo de decidirlo. Este modo de animarme a través de un mayor gasto lo conocen los mayores con el nombre de «indemnización» (esta palabra la aprendí la semana pasada, aunque es muy difícil de pronunciar).

Qué triste me parece el asunto, a pesar de todo.

Lanzo una nueva pregunta:

–Pero, entonces, ¿cuántos años tengo?

Ellos vuelven a mirarse.

–Van a respetar los seis de octubre de los años anteriores al Decreto –aclara mamá–, así que no te preocupes; sigues teniendo diez años.

No sé lo que significa «Decreto», pero me da igual. «Decreto» y «apátrida» son dos palabras que no me caen bien. Decido que nunca las aprenderé. Me levanto del sillón y me voy a llorar a mi cuarto, que es lo que me apetece.

Me han condenado a los diez años. Vale, no voy a volver a tener menos edad, pero tampoco más. Para siempre me quedaré como un niño de diez años. Todos mis compañeros, mis amigos, cumplirán y se irán haciendo mayores. Y lo celebrarán año tras año, con muchas fiestas y regalos y golosinas. Y les cambiará la voz (la mía parece un pito). Y les saldrán granos en la cara (esto no es esencial para mi vida). Y, sobre todo, serán más altos, listos y fuertes.

Mientras tanto, yo me quedaré atrás. Sin nada que celebrar, atrapado en los diez años, que no es que esté mal como edad, pero supongo que al repetirla debe de perder bastante gracia.

Una sombra aparece en el horizonte. Acabo de caer en la cuenta: si no avanzo en edad, ¿me obligarán a repetir curso, año tras año?

Qué pesadilla.

11'

La verdad es que, definitivamente, no veo ninguna ventaja a mi nueva situación (bueno, lo de la ausencia de granos).

Mamá acaba de venir a mi cuarto y se sienta en la cama, junto a mí. Yo he hundido la cara en la almohada y ella me acaricia el pelo como cuando yo era más pequeño. Ya no es mamá-portavoz.

—Venga, Edu —susurra, aproximando su boca a mi oreja izquierda—, que no es para tanto... Muy pronto te acostumbrarás. Esto le habrá pasado a mucha gente. ¿Imaginas cuántas personas han nacido un seis de octubre? Todas estarán como tú y seguro que no se lo han tomado tan mal.

Eso no me consuela. A otros les habrá pillado con edades mejores. No todos tienen diez años y se llaman «Eduardo María».

—Tampoco es la primera vez que ocurre —añade mamá—. ¿Por qué crees que febrero tiene solo veintiocho días? ¡Seguro que al principio tenía treinta y uno! Y todos los que cumplían años esos últimos días eliminados ahora viven felices.

—¡Pues podían haber seguido quitando días a febrero! No me pienso conformar tan fácilmente.

—Venga —insiste mamá—, seguro que durante este año te aguardan otros días estupendos... ¡Sé positivo!

Entonces recuerdo lo que dice siempre la abuela antes de ponerse a llorar, cuando está viendo la tele o escucha algo terrible en la radio: «Qué drama».

—Qué drama —la imito.

—¿Qué has dicho?

—Que lo mío es un «drama».

Mamá se queda sin saber qué añadir, por lo que deduzco que he usado bien la palabra.

«Drama» es lo que hace llorar. No tener cumpleaños es un drama. Pelar cebollas es un drama. Tener una catarata en un ojo es un drama.

ATRAPADO EN LOS DIEZ

Esta noche he dormido mal. Todo ojeroso, he amanecido en el primer día de mi *nueva-época-sin-cumpleaños*. Es muy duro el día a día cuando no tienes una fecha a la que te haga ilusión aproximarte.

A lo mejor nunca más vuelvo a tener prisa.

En realidad yo no quiero hablar más de ello, pero en la tele sigue siendo noticia la eliminación del seis de octubre. Han dicho esta mañana que se ha quitado del calendario porque es un día «superfluo».

Así han calificado al seis de octubre: «superfluo». Esa palabra me ha parecido impresionante y le he preguntado a papá por su significado.

«Superfluo quiere decir innecesario», me ha respondido, justo antes de salir por la puerta de casa rumbo a su trabajo, con su traje y su maletín.

«Innecesario». Pues a mí me parece muy necesario tener una fecha de cumpleaños.

Más tarde, estábamos en clase y le he pedido una goma de borrar a mi compañera de pupitre, que se llama Sandra. Pero ella no tenía ninguna. Por eso, como me gusta mucho estrenar las palabras que voy aprendiendo, le he dicho a Sandra que era una compañera «superflua». No sé por qué, se ha puesto a llorar. Creo que ha entendido que la estaba llamando «superfea».

Con tanto alboroto ha venido la profesora, claro.

–¿Qué está pasando? –me ha preguntado, un poco seca.

Entonces yo me he acordado de mi abuela y, señalando a Sandra, he contestado:

–Un drama.

Aún no sé por qué me ha castigado la profe, en serio. Será por el poder de las palabras. Mamá siempre me dice que hay que manejarlas con cuidado.

En clase todos me siguen mirando y murmuran a mi paso por los pasillos del cole. Es una pena que me haya vuelto misterioso para ellos, ahora que todavía compartimos edad. Me tratan diferente.

Soy el único de la clase que nació en un día que ya no existe.

A tercera hora hemos celebrado el cumpleaños de Raúl, un compañero tan gordo que un día perdió el boli en uno de los pliegues de su tripa (lo encontró después, al bostezar). No he podido evitarlo y me he ido corriendo al baño a llorar. ¿Por qué los demás conservan sus cumpleaños? ¡No es justo!

Lo peor ha sido el modo en que me observaban mis compañeros a la vuelta. Ese silencio... Doy pena.

Me molesta dar pena. Me he convertido en un «niño de segunda».

Un «subniño».

Ahora, por fin, he vuelto a casa. Me miro en el espejo de mi habitación. Sigo siendo el mismo, a pesar de todo: me llamo Eduardo María, soy rubio y tengo diez años desde hace una semana (pero por mucho tiempo, ya sabes). Me gustan los videojuegos, el fútbol y leer. Según dicen, soy un niño muy listo con la mente de un chico de catorce. Lo que no dicen es que tengo un cuerpo de ocho años: flaco, blanco, pecoso y bajito. Y, claro, así la combinación mola mucho menos.

No puedes imaginar lo complicada que es la vida de un niño de diez años con mente de catorce y cuerpo de ocho. ¡Necesito estudiar matemáticas para entenderme! Puestos a elegir, preferiría tener ocho años con un cuerpo de catorce y una mente de diez, por ejemplo. Me parece mucho más razonable. Así a lo mejor no me habría importado tanto quedarme sin cumpleaños.

Esta noche mi hermana no está. Durante la cena me fijo en mamá y papá. Bueno, quiero decir que me fijo en que se fijan menos en mí, porque no tendría que ser yo quien me fijara en ellos.

Vaya lío.

A lo que me refiero es que me hacen menos caso que ayer. Me parece mal, yo sigo siendo una «víctima», así que en esta familia todos tendrían que continuar fijándose mucho en mí. Necesito toneladas de atención en exclusiva. A fin de cuentas, no todos los días se vive una tragedia tan terrible como la que yo sufro.

Pero mi gravísimo problema ya está dejando de ser novedad en esta casa. Lo noto. Papá y mamá todavía están más pendientes de mí de lo habitual, aunque ya no capto la preocupación en sus ojos. Estoy perdiendo su atención, así que debo quejarme antes de que sea demasiado tarde:

—En el cole me miran raro desde que no tengo cumpleaños —digo—. Voy a acabar siendo un «marginado».

Mamá ha detenido su tenedor con un trozo de filete ensartado, a media altura.

Un pedazo de ternera y una fecha inexistente se interponen ahora entre nosotros. No sé si es a esto a lo que llaman «conflicto intergeneracional», pero yo percibo una nueva distancia entre nosotros. Será porque ellos tienen cumpleaños y yo no.

—¿Un marginado? —repite ella.

—Sí —contesto—: un marginado es alguien que está solo porque no hay nadie que…

—Mamá sabe perfectamente lo que es un marginado, Eduardo María —me corta papá—. No empieces con tus lecciones de vocabulario.

Me callo. Si de verdad hubiera querido exhibir las

nuevas adquisiciones de mi vocabulario, habría podido emplear palabras mucho más resultonas, como «efímero» (que dura poco) o «dádiva» (regalo). En cambio, «superfluo» no voy a emplearlo hasta que tenga claro su alcance; no quiero que me castiguen otra vez.

–Todo está muy reciente –opina mamá, por fin–. En unos días tus compañeros lo habrán olvidado, ya verás. Ten paciencia.

¿Qué habrán olvidado? ¿Que me he transformado en un niño incompleto? Lo dudo mucho. Ahora soy como muy... exótico. Un niño sin cumpleaños es una especie rara. Como un mutante con pata de palo, un vampiro sin colmillos o un zombi que ha perdido la cabeza. Una especie rara y deprimente.

–Debes ser valiente y aguantar –añade papá, limpiándose la boca con la servilleta–. Lo que ha ocurrido te hace especial, ¿no lo ves? Te hace único.

Vaya tontería, pienso mientras inclino la cara hacia mi plato. Si lo que me hace especial es no tener cumpleaños, yo lo que quiero es ser vulgar. Muy vulgar. Tremendamente vulgar. Y poder celebrar vulgarmente mi vulgar cumpleaños.

Y recibir montones de regalos vulgares.

Uf. Lo que acabará siendo vulgar es mi edad actual. ¿Qué sentiré después de llevar veinte años teniendo diez? Ahora resulta que tengo una edad *definitiva*.

Tengo la Edad.

Qué horror.

Papá y mamá, ajenos a mi trauma, pronto se enzarzan en una conversación sobre sus trabajos que me excluye por completo. Ya ni me ven.

Está claro que no voy a poder contar con ellos para resolver mi problema. Lo que sí sé es que no aceptaré la pérdida de mi cumpleaños sin ofrecer resistencia.

¡Lucharé para recuperarlo!

No pienso renunciar a mi fecha. Está decidido.

Y ya sé quién puede ayudarme en esta misión: el Vendedor de Cosas Prohibidas.

Para desafíos tremendos, se imponen soluciones también tremendas.

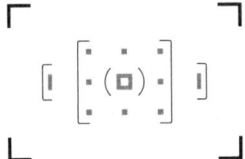

LA TIENDA DE COSAS PROHIBIDAS

Lo bueno de vivir en una ciudad pequeña es que mis papás me dejan salir solo a la calle para jugar con mis amigos, que se pasan el día en la plaza chutando el balón.

Es fácil perder el tiempo con una pelota cuando tienes cumpleaños.

Hoy no me apunto al partido. Tengo una misión confidencial que llevar a cabo: visitar la Tienda de Cosas Prohibidas, que está dos calles más allá (todo está «dos calles más allá» en esta ciudad).

Digo a mis amigos que me duele el tobillo y que prefiero no jugar al fútbol. Me quedo mirando y, en cuanto se despistan, me alejo de la plaza rumbo a mi destino secreto. Llego enseguida.

La Tienda de Cosas Prohibidas es rara. Tiene un enorme escaparate que hace esquina (se ilumina por la

noche), donde se ve todo tipo de objetos extraños. Su interior, sin embargo, es pequeñito; apenas cuenta con un mostrador desde el que atiende un señor muy alto y elegante que viste de oscuro: el Vendedor. Veo siempre su silueta desde la calle, aunque jamás, en mis diez años de vida –estos perpetuos diez años–, he entrado allí ni he visto que alguien lo hiciera.

Tampoco conozco a nadie que haya entrado alguna vez o que piense hacerlo en el futuro. A nadie de mi familia, a nadie de la ciudad, a nadie del mundo. O alguien miente, o tal vez nunca ha entrado ninguna persona y el Vendedor ya nació detrás del mostrador.

De pequeño siempre me encontraba con el mismo vecino en el ascensor, y durante mucho tiempo pensé que aquel hombre vivía allí dentro. Cosas más raras se han visto.

Os decía que la Tienda de Cosas Prohibidas es un lugar muy misterioso. Su esquina acristalada, el interior en sombras, la figura del Vendedor que aguarda en su rincón… Sí, es un lugar inquietante. Papá incluso me prohíbe detenerme delante de la puerta cuando pasamos cerca. Aunque soy un niño obediente, de vez en cuando me atrevo a acercarme para ver lo que hay expuesto en las vitrinas. Son siempre artefactos rarísimos. Me gustaría saber lo que valen y para qué sirven, pero no hay carteles ni precios.

Todo es un enigma ahí dentro.

Esta tarde llevo mucho rato dando vueltas cerca de la

Tienda. «Merodeando», que diría mi abuela la del «drama». Por fin, me decido a entrar; la situación es tan desesperada que prefiero desobedecer a mi familia.

Aprovecho un instante en que no se ve a nadie por la calle y entro muy rápido.

—Hola, ¿es usted el Vendedor? —pregunto en voz baja al hombre de oscuro.

La tienda es tan reducida por dentro que al cruzar la puerta ya estás ante el mostrador. Es una minitienda. La cara del señor que me recibe es larga, pálida y con bigotito. Sus ojos brillan mientras se dedica a estudiarme.

—No soy el Vendedor. Un vendedor es el que vende —dice él—. Y yo no puedo vender mi mercancía, la ley lo prohíbe.

—Ah.

No sé qué responder a eso. Es la primera vez que entro en una Tienda de Cosas Prohibidas.

—Era una pregunta-trampa, ¿verdad? —el señor se inclina hacia mí entrecerrando los ojos.

Yo quiero apartarme, pero no puedo porque no hay sitio. Mi espalda choca contra la puerta de la tienda.

—No, señor. No era una trampa. Lo siento.

No tengo ni idea de por qué acabo de pedir disculpas. El hombre vuelve a erguirse tras el mostrador.

—¿Eres un agente secreto de la policía? —me sigue mirando con desconfianza.

—¿Un agente secreto? —yo no entiendo cómo este hombre es capaz de pensar que un niño de diez años con

cuerpo de ocho y mente de catorce pueda trabajar para la policía–. Yo..., yo solo soy un niño, señor.

–¿Seguro que eso no es un disfraz?

Me señala. ¿A qué se refiere, a mi cuerpo bajito y esquelético? ¿Está diciendo que mi cuerpo le parece un disfraz?

–Yo..., yo soy así –me invade una tremenda timidez. Se acerca un nuevo «drama», noto las lágrimas asomándose a mis ojos–. Soy solo un niño de diez años.

«Y más vale que vaya acostumbrándome», pienso. «Me quedan muchos años así».

–Ya veo, Niño de Diez Años.

Mi último comentario parece convencerle porque ha relajado la expresión de su rostro.

–¿Cómo te llamas?

–Edu.

–Yo, Vinicius.

–Encantado, don Vinicius.

Hay que ser educado, mamá lo dice siempre. Entonces me animo a preguntar:

–Si no es el Vendedor, ¿quién es usted?

–Yo soy el Dependiente –dice con satisfacción.

–Ah.

No veo que haya una gran diferencia entre «vendedor» y «dependiente».

–Sí –repite él–, de-pen-dien-te. Porque si tú me preguntas si uno de los objetos de la tienda está a la venta, cualquiera de ellos, yo te voy a responder que «depende».

Soy el Dependiente porque me encargo de decir «depende». Siempre respondo «depende» cuando se me pregunta por mi mercancía.

Yo cada vez entiendo menos. ¿No se supone que no puede vender nada de lo que tiene porque está prohibido?

–¿Eso contestaría usted? –le pregunto–. ¿Y de qué depende?

El señor se acaricia el bigotito.

–De que cambie la ley y el objeto por el que se me pregunta deje de estar prohibido.

–Entonces podría venderlo, claro.

–En teoría, sí.

–¿En teoría?

–El problema es que, como esta es la Tienda de Cosas Prohibidas, yo ya no podría ofrecer ese objeto, que pasaría a ser una Cosa Permitida.

–Vaya.

–Este negocio es muy complejo, sí.

–Pero… entonces…, ¿por qué…, por qué tiene una tienda de cosas que no puede vender?

Me contempla como si no creyera lo que está escuchando.

–¿Por qué va a ser? –exclama–. ¡Por si acaso!

Yo pensaba que iba a continuar, pero el señor se ha quedado callado como si ya lo hubiera dicho todo. Vaya. Eso me obliga a seguir preguntando. Qué hombre tan difícil.

Me intimida su presencia, pero la curiosidad es demasiado fuerte:

–Usted –me atrevo a insistir con un hilo de voz– tiene una Tienda de Cosas Prohibidas por si acaso… ¿qué?

Me he encogido al otro lado del mostrador. Él se concentra en alisarse cada extremo del bigotillo con los dedos. Se humedece los labios antes de enfocarme con unos ojos negrísimos.

–Por si acaso cambian las leyes, ¿por qué va a ser? –extiende los brazos–. Tengo en el almacén absolutamente todo lo que está prohibido. Todo. Cualquier mínimo cambio en la legislación, y soy el único que tiene el nuevo producto legal. ¿A que es una gran idea?

–¡Pero si me acaba de decir que en ese caso tampoco podría venderlo!

–Eres demasiado pequeño para entenderlo –don Vinicius menea la cabeza–. Se trata de la satisfacción de ser el único que tiene algo que los demás anhelan…

A mí sigue sin convencerme y tampoco sé lo que significa «anhelar».

–Pero a lo mejor la ley no cambia… –digo, en un susurro.

–Muchacho, en los negocios hay que tener esperanza. La esperanza es la clave. Hay que soñar. Todo cambia con el tiempo. Todo.

En eso debo darle la razón, todo cambia. Incluso el calendario. Recuerdo la época en que aún existía el seis de octubre.

NOSTALGIA Y OTROS SÍNDROMES

El señor ha salido del mostrador. Me esquiva con el movimiento sinuoso de una serpiente. Su traje negro reluce mientras se inclina ante el escaparate.

—Mira —va señalando—: un *clonador* de personas, una máquina del tiempo, este robot que piensa por sí solo, aquella falsificadora de billetes… ¡Tengo todo lo que puedas imaginar, chico! Basta con que un objeto sea prohibido, para que me interese.

—¿Y por qué el interior de la tienda es tan pequeño?

—¿Otra pregunta tonta? —el señor se alisa la chaqueta—. Porque nadie va a entrar a comprar lo que no se puede vender. ¡Sería absurdo! ¿Para qué quiero entonces un interior espacioso?

—Ya.

La verdad es que tiene sentido.

—El escaparate sí es grande –añade–, me encanta mostrar lo que no se puede tener. La gente pega su cara en el cristal desde la calle… Es divertido.

Empiezo a molestarme.

—No creo que sea divertido.

Y es que, en el fondo, yo miro igual a mis compañeros del cole. Veo en ellos el cumpleaños que no puedo tener. Y no. No es divertido.

—Para mí sí lo es, muchacho. Si vieras sus caras… Nada se desea más que lo que no se puede tener.

—Lo sé.

Mi respuesta tan convencida le ha intrigado, lo noto.

—Y eso impide disfrutar de lo que sí se tiene –termina–. La gente es estúpida.

Nos quedamos callados. A mí me encantaría tener cumpleaños para disfrutar de él.

—Por eso no hay precios en el escaparate –observo–. Para qué poner precio a algo que no se puede comprar.

—¡Bravo, chico! Ya lo vas entendiendo.

Nos volvemos a quedar en silencio.

—¿Se ha enterado de que han quitado el seis de octubre del calendario?

Él asiente, ¡sin dar importancia a la noticia!

—Me da igual, el próximo año esa fecha caía en festivo.

—¡Pero era mi cumpleaños! –grito–. Yo tengo derecho a mi cumpleaños… ¡Tengo derecho!

Comienzo a llorar. Últimamente lloro demasiado, lo sé.

El semblante del Dependiente se hace más suave. Creo que ahora empieza a entenderme, a comprender por qué he entrado en su tienda esta mañana por primera vez en mi vida.

Don Vinicius ha introducido una mano bajo el mostrador y saca ahora una agenda de este año. Me la ofrece.

–Es la única que queda en la que aparece todavía el seis de octubre. Todas las demás las han retirado para quemarlas. Por eso es una agenda prohibida. Consérvala. Así no olvidarás que hubo un tiempo en que tuviste cumpleaños.

–No puedo pagársela.

–Ni yo venderla. Por eso es un obsequio.

–Gracias…

He abierto la agenda, mis lágrimas se detienen al encontrar el seis de octubre. Recuerdo mi última celebración, los regalos, la fiesta. Acaricio la página. Un extraño hormigueo me recorre por dentro.

–Lo que sientes se llama «nostalgia» –dice el Dependiente–. No es nada malo, siempre que no abuses de ella.

Procuro memorizar esa nueva palabra. «Nostalgia». Me gusta.

–¿Tan importante es para ti cumplir años? –me pregunta ahora don Vinicius–. La gente no suele alegrarse por ello. ¿A qué viene tanto interés?

Lo pienso con los ojos aún empañados. Me doy cuenta de que no es solo por los regalos que se reciben. Descubro más motivos, como las sonrisas de papá y mamá,

que ese día siempre estaban más felices; la posibilidad de compartir esa alegría con mis amigos, soplar las velas de la tarta, sentir que me hago mayor...

El Dependiente estudia mi expresión, creo que adivina mis pensamientos.

—Quiero cumplir años para crecer —continúo—, para aprender a ver el mundo con los ojos de los mayores, para conocer más cosas.

Sí, quiero crecer. Hacerme mayor. Quitarme este cuerpo menudo que parece un disfraz. Y hablar por teléfono sin que se me confunda con una niña.

El Dependiente asiente.

—Los mayores ven el mundo con menos ilusión. ¿Seguro que estás dispuesto a pagar ese precio?

No sé qué ha querido decir, pero contesto sin dudar:

—¡Sí!

Don Vinicius vuelve a asentir.

—De acuerdo —dice—, me has convencido, así que voy a ayudarte, Niño de Diez Años Eternos. Acompáñame.

Dudo que exista un modo de ayudarme, pero sus palabras me atrapan.

El Dependiente me invita con una seña a que lo siga tras el mostrador. Él se agacha y levanta una trampilla camuflada en el suelo, que deja a la vista unas escaleras que conducen al sótano.

—Es mi almacén de Cosas Prohibidas. Eres el primer cliente al que permito visitarlo.

—Gracias, señor, aunque no sé si debo...

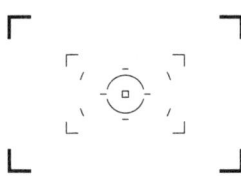

Papá y mamá siempre me dicen que no me fíe de los desconocidos. El señor capta mi duda:

–No soy un desconocido, Edu de Diez Años. Soy el Dependiente de la Tienda. No temas, acompáñame y en unos minutos podrás volver a casa.

Me tiende una linterna. Yo la tomo con mi mano libre, pues no he soltado la agenda prohibida.

–Ten cuidado –me advierte con una sonrisa–, no vayas a tropezar.

Él ya tiene otra linterna. Las encendemos y comenzamos a descender. Qué emoción.

LA SUCCIONADORA DE TIEMPO

Don Vinicius y yo hemos terminado de bajar las escaleras. Ante nosotros se extiende ahora una inmensa bodega. Miles de bultos, embalajes y objetos de todos los tamaños, formas y colores se alzan a nuestro alrededor.

Quiero verlo todo.

–A ver dónde tengo lo que necesitas… –don Vinicius se rasca la barbilla.

El Dependiente avanza entre torres de cosas apiladas. Va leyendo etiquetas pegadas en cajas hasta localizar un paquete envuelto en papel verde.

–¡Aquí está!

Levanta la caja con cuidado, la coloca sobre una mesa y empieza a desenvolverla. Yo me he acercado y aguardo a su lado en silencio. ¡Me muero de curiosidad! ¿Qué

hay en ese paquete que pueda ayudar a un niño que se ha quedado sin cumpleaños?

No me hago ilusiones.

–*Et voilà!* –el Dependiente se aparta ceremoniosamente, dejando ante mi vista un extraño artefacto más pequeño y estrecho que la mochila donde suelo llevar los libros del cole.

Me adelanto un paso para estudiar la máquina. Sigue sin convencerme lo que veo. Mi problema es demasiado grave para solucionarlo con un simple juguete, que es lo que parece el objeto que tengo delante.

Nada en este mundo puede devolverme mi cumpleaños. La Ley es la Ley.

La máquina que me ofrece don Vinicius se asemeja a un exprimidor de fruta, con su depósito de cristal transparente para el zumo en la parte trasera. La diferencia es que este aparato de color gris cuenta con una especie de boca de aspirador encajada en la parte superior y un hueco delantero en el que se ve un péndulo, una pequeña pantalla digital y varios botones. Por detrás le cuelga el cable para enchufar a la corriente.

Parece la obra de un inventor loco.

–Esto es la batería –el Dependiente encaja en la máquina un rectángulo de metal.

El aparato se activa. Empieza a emitir un zumbido y la pantalla marca en rojo «00».

–Tendrás que cargar la batería de vez en cuando –añade–. O la máquina dejará de funcionar.

–¿Y qué…, qué es? –me atrevo por fin a preguntar.

–Te presento… –anuncia el Dependiente, pausa dramática incluida– la única «Succionadora de Tiempo» que existe en el mercado. Las demás fueron destruidas por las Autoridades. Su empleo está prohibidísimo.

–¿Succionadora de Tiempo?

Jamás he oído nada parecido.

–Sí. Se trata de un aparato que arranca minutos a los días. Inventada por el señor Smith, este es el modelo «Turbo» y tiene una capacidad máxima de mil cuatrocientos cuarenta minutos.

–¿Mil cuatrocientos cuarenta?

–Sí. Justo la cantidad de minutos que necesitas. Es perfecta para ti.

No entiendo.

–¿Yo necesito esa cantidad de minutos?

El Dependiente pone cara de impaciencia.

–¡Despierta, muchacho! Sé que eres un chico listo.

Sí, lo soy. Un chico tan listo como los de catorce años, en un cuerpo de ocho con una edad permanente de diez. No hace falta que nadie me lo recuerde. Soy una fórmula humana.

–Se supone que te han robado un día, ¿no? –me ayuda el Dependiente–. Piensa…

Me tiende una calculadora.

Entonces caigo en la cuenta, nunca mejor dicho. Un día tiene veinticuatro horas. Y cada hora, sesenta minutos. Así que… si multiplico veinticuatro por sesenta, me sale –estoy utilizando su calculadora– que un día completo suma mil cuatrocientos cuarenta minutos. Ni uno más, ni uno menos.

1 día = 24 horas
24 horas x 60 minutos = 1.440 minutos

–¿Me está usted diciendo... que con esta máquina yo puedo robar todos esos minutos?

–Puedes robarlos y así fabricar un día entero, sí –responde él–. El día que falta en tu calendario, estimado Niño de Diez Años. Con esta maravilla de la tecnología podrás recuperar tu cumpleaños. Si te atreves a emplearla, claro.

El Dependiente sonríe, tentador, mientras rescata su calculadora.

–¡Pues claro que me atrevo!

Me he aproximado aún más y ahora observo la máquina casi rozándola con la nariz. Paso los dedos sobre su superficie cilíndrica. Es una pieza única que acaba de adquirir para mí un valor incalculable.

–¿Y cómo..., cómo funciona?

–Muy sencillo. Le das al botón de *power*, aquí bajo la pantalla –él va siguiendo sus propias instrucciones–. Ya ves que, además del zumbido, ahora se acaba de encender un piloto rojo. Entonces esperas unos segundos a que se caliente el condensador. En cuanto ocurra, esa luz pasará a ser verde. ¡Mira, ya está!

Es cierto. La luz del piloto ya no es roja, sino verde. En la pantalla digital continúa leyéndose el «00».

—La luz verde indica que la máquina está preparada —prosigue él—. Es el momento de presionar el interruptor redondo que tienes al otro lado. ¿Qué hora es, Niño de Diez Años?

Consulto mi reloj.

—Las cinco y cuarto, señor.

—De acuerdo.

El Dependiente aprieta el botón redondo de la máquina. El péndulo inicia su oscilación con un leve tictac. El zumbido del aparato se mezcla ahora con el sonido de succión que emite la boca aspiradora. La pantalla digital ya no señala el «00» sino que va marcando a cada segundo, en rojo, una serie de números: uno, dos, tres, cuatro, cinco, seis, siete, ocho.

El Dependiente presiona otra vez el interruptor redondo y la aspiración se interrumpe. El péndulo deja de moverse. Yo me siento confuso, algo mareado. Y, no sé por qué, me entran unas ganas irresistibles de dar volteretas. Durante veinte segundos lo intento en el pequeño espacio de la tienda, ante la atenta mirada de don Vinicius. Lo único que consigo es dar una patada a una vitrina.

—No te preocupes —me dice cuando recupero la calma y la posición vertical—. Los robos de tiempo provocan breves reacciones extrañas en las víctimas, es normal. ¿Estás bien?

—Sí…, creo que sí.

—Pues, dime: ¿qué hora es?

Vuelvo a consultar mi reloj.

—¡Las cinco y veinticuatro!

Me sorprendo. Apenas hará un minuto que eran las cinco y cuarto y, sin embargo…, ¡el reloj señala nueve minutos más! ¿Cómo es posible?

—Acabamos de robar ocho minutos —me confirma el Dependiente—. Aquí los tienes, junto con el tiempo que has gastado en procurar dar volteretas.

Señala el depósito de cristal de la máquina, en cuyo fondo se distingue una fina capa de arena que brilla.

—El tiempo es arena, Niño de Diez Años. Así escapa de nosotros, diluyéndose entre nuestros dedos.

Yo sigo sin comprender el modo en que este aparato puede apropiarse de minutos.

—Pero cómo…

—La máquina seca el tiempo —me responde el Dependiente—, lo condensa en arena. ¿Ves esos cristalitos como de cuarzo? Por eso brilla.

—No es como la de la playa…

—La arena de la playa es tiempo transcurrido, gastado; el que arrastra la marea del pasado. Puedes construir castillos con ella, pero no recuperar horas.

Me resisto a creer lo que estoy viviendo.

—Pero…

El Dependiente coge la Succionadora de Tiempo para mostrarme mejor el depósito de cristal.

–Lo valioso de la arena brillante que se acumula en esta máquina –me explica– es que es tiempo por vivir, muchacho. Tiempo disponible que tú puedes emplear cuando te plazca.

El Dependiente aprieta el último botón, que es de color negro, y la cifra del contador en rojo empieza a descender al mismo tiempo que se reactiva el zumbido: ocho, siete, seis, cinco, cuatro, tres, dos, uno, cero-cero.

–Estamos liberando el tiempo acumulado –me explica–. Volvemos a disponer de esos ocho minutos.

Yo miro mi reloj. ¡Son las cinco y dieciocho, cuando hace un instante eran las cinco y veintiséis!

Me he quedado mudo de la impresión. En el depósito de la Succionadora la arena se ha evaporado.

EL NIÑO SIN CUMPLEAÑOS NO
TEME LA LLUVIA

Hemos subido de nuevo a la tienda. Don Vinicius deposita con delicadeza la Succionadora sobre el mostrador y la cubre con una funda protectora. Se apresura entonces a cerrar la trampilla que conduce a las escaleras. El acceso al sótano desaparece de nuestra vista. Solo él y yo conocemos las maravillas que se ocultan bajo nuestros pies, toda su mercancía prohibida. Él me lanza una mirada cómplice y yo me siento tan importante...

Comparto su secreto.

Empieza a dolerme la tripa de los nervios.

Me he situado al otro lado del mostrador, ahora vuelvo a ser un cliente más (el único de los últimos cien años, tal vez). Como la Succionadora de Tiempo no viene con

manual de instrucciones, el Dependiente comienza a darme algunas recomendaciones sobre su uso:

–Recuerda, Niño de Diez Años, que robar tiempo es un delito muy grave en este país –don Vinicius se ha puesto serio, no deja de mirar hacia la calle mientras habla–. Si te descubren, irás a la cárcel… Y allí, créeme, los cumpleaños dejan de tener importancia. Imagina el disgusto que les darías a tus papás.

Habla en susurros. Parecemos espías en territorio hostil.

–Lo haré con mucho cuidado, señor –me comprometo, metiéndome en el papel–. Nadie se dará cuenta.

Él hace un gesto afirmativo.

–El mejor modo para que el robo de tiempo pase desapercibido es ir quitando cantidades pequeñas cada vez –continúa–. Así la gente no se da cuenta. Cinco minutos hoy, siete mañana… ¡Ni se te ocurra robar varias horas de golpe, para terminar antes!

Tomo nota. Debo contenerme para recuperar mi cumpleaños. Si me dejo llevar por la urgencia, me pillarán. Poco a poco.

–¿Cuál es el ritmo ideal? –pregunto.

–Eso tienes que calcularlo de acuerdo con lo que quieras conseguir.

–Yo lo que quiero es añadir un día completo después del cinco de octubre del año que viene –confieso–. Justo entre el cinco y el siete.

Es decir, donde siempre había estado el seis de octu-

bre antes de que lo eliminaran. Pretendo recuperar mi cumpleaños en su momento exacto. ¡Esa será mi venganza!

El Dependiente se acaricia el mentón.

–Para esa fecha quedan...

Teniendo en cuenta que hace ocho días que cumplí años por última vez, basta con restarlos a los 365 que tiene el año completo:

–Quedan trescientos cincuenta y siete días, señor.

–¡Impresionante! Pues bien; debes repartir el robo de los mil cuatrocientos cuarenta minutos que necesitas a lo largo de esos trescientos cincuenta y siete días –don Vinicius pulsa las teclas de su calculadora–. Lo que da como media un robo diario de 4,03 minutos.

1.440 minutos / 357 días = 4,03 minutos/día

–O sea –traduzco yo–, si robo cada día 4,03 minutos hasta que llegue el próximo cinco de octubre, acumularé un día completo...

–...Que podrás gastar en la fecha exacta de tu antiguo cumpleaños –concluye él–. Eso es.

Yo sonrío. Parece fácil.

–No te confíes –me advierte el Dependiente–, no será una tarea tan sencilla.

–¿Por qué? Cuatro minutos son muy pocos... ¿No voy a ser capaz de robar cuatro minutos cada día?

–Es que hay algo más que debes saber –añade don Vinicius–. Algo muy importante.

Yo, que ya había empezado a ilusionarme, siento miedo. Miedo a la decepción. ¿Dónde está el truco?

—¿De qué se trata?

—La máquina, al aspirar los minutos, también absorbe su clima, su atmósfera.

Las palabras de don Vinicius me dejan confuso.

—¿Qué quiere decir, señor?

—Que si lo que deseas es disfrutar de un cumpleaños feliz, será mejor que robes minutos de momentos buenos. Si te equivocas y acumulas minutos de malos ratos, de pena, el día que pretendes fabricar reflejará ese ambiente triste. Elige bien cada instante que arrebates al tiempo, jovencito. O tu recompensa se convertirá en tu penitencia.

He asentido, más tranquilo. No veo que esa amenaza sea tan grave. Cada día ofrece muchos momentos buenos.

Al menos para los demás, que todavía tienen cumpleaños.

—Lo tendré en cuenta, don Vinicius.

El Dependiente me observa con detenimiento una última vez. Siento como si me traspasara, así de penetrante es su mirada. El negro profundo de sus ojos reluce igual que los relámpagos.

Desliza la Succionadora sobre la superficie del mostrador, lentamente, hacia mí.

—Recuerda que la batería se gasta, así que tendrás que cargarla de vez en cuando.

Yo experimento una emoción intensa al sentir cada vez más próximo ese artefacto casi mágico, envuelto en su funda protectora. Tengo que hacer un enorme esfuerzo para no alargar los brazos y agarrar la máquina con todas mis fuerzas, abrazarme a ella, huir sin soltarla.

¿Quién podría sospechar la maravilla que se oculta bajo esa funda? Me imagino poderoso con la Succionadora en mis manos. ¿De verdad no estoy soñando?

A partir de hoy podré capturar el tiempo.

No hay ningún superhéroe que pueda competir con un poder así.

Mi vida vuelve a tener sentido. Como cuando tenía edades nuevas por cumplir.

–Entonces, ya estás preparado, Niño Eterno –dice don Vinicius, con su voz grave–. Aquí tienes el instrumento de tu revancha. Cuídalo mucho, es único en el mundo. Deberás devolverme la máquina en perfecto estado en el plazo de un año, para que vuelva al lugar del que no debió salir. Al lugar del que no ha salido… –me guiña un ojo– «oficialmente».

Me tiende la mano y yo se la estrecho, como un adulto. El pacto se ha cerrado.

–Recuerda –concluye– que el robo de tiempo provoca en las víctimas cierta… confusión momentánea. Tú mismo lo has comprobado. No te sorprendas si después de la extracción de minutos se generan conductas extrañas.

–Lo tendré en cuenta, señor.

–Las víctimas de robos de tiempo pierden el control

durante unos segundos, así que pueden hacer cualquier cosa sin ser conscientes de ello. Ya has visto que no es nada peligroso.

Suena un trueno en el exterior. Se avecina tormenta, pero me da igual. Estoy demasiado orgulloso de que don Vinicius confíe de mí.

Él no tiene miedo de dejarme la Succionadora. Espero merecer su confianza.

–Por cierto, no puedo pagarle –susurro a regañadientes–. Si me va a pedir dinero...

–La posibilidad de devolverte el cumpleaños me parece suficiente compensación –dice–. Es un buen precio. Has sido valiente al acudir a mí, muchacho. Voy a apostar por ti. Ahora te toca demostrar que estarás a la altura del desafío. No me defraudes.

Contengo el aliento.

–Le prometo que cumpliré mi palabra. Celebraré mi cumpleaños y le devolveré la máquina antes de un año. No se arrepentirá.

Con cuidado introduzco la máquina enfundada en mi mochila. No pesa mucho. Meto también la agenda prohibida.

Me llevo dos tesoros.

Ya estoy a punto de cruzar la puerta de la Tienda cuando me asalta una última duda y me doy la vuelta hacia el Dependiente:

–Don Vinicius, ¿por eso, cuando uno disfruta, el tiempo pasa tan rápido?

—¿Cómo?

Los dedos de una de sus manos bailan sobre el mostrador.

—Cuando lo pasamos muy bien, parece que el tiempo corre más deprisa —me explico—. Eso es porque alguien nos está robando minutos felices, ¿verdad?

El Dependiente de la Tienda de Cosas Prohibidas no contesta. Pero su sonrisa lo dice todo.

Hay una palabra que define nuestra forma muda de comunicarnos: «complicidad».

Un secreto nos une.

Ya en la calle, echo a correr hacia casa. La tormenta se desata a mitad de camino y la lluvia cae desde el cielo con fuerza. Me empapa la ropa, el pelo, la cara.

Sin embargo, el agua no logra borrar mi entusiasmo.

El Niño Sin Cumpleaños no teme la lluvia.

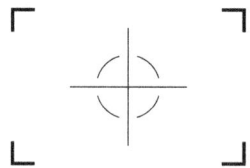

A LA CAZA DE BUENOS MOMENTOS

Mi vida ya no es un «drama».

No he vuelto a llorar ni a exigir atención en casa. No tengo tiempo, estoy demasiado ocupado en planificar el robo diario de minutos. Debo empezar cuanto antes si quiero acumular los mil cuatrocientos cuarenta que necesito para la fecha clave.

Y eso requiere una «estrategia».

Papá y mamá llevan intrigados desde ayer por mi cambio de actitud. Es como si no se atrevieran a sentir alivio por si tramo algo.

Y no se equivocan.

–¿Se puede saber qué tenía esa lluvia? –se pregunta papá.

Es que asocian mi cambio de comportamiento con la tormenta de ayer. Llegué a casa empapado… y diferente.

Yo me limito a sonreír mientras dirijo los ojos hacia

mi mochila. No me he separado de ella en ningún momento. La Succionadora es mi responsabilidad.

Mamá me lleva de la mano al colegio. Yo camino con cara de agente secreto. Por primera vez, voy pendiente de lo que ocurre a mi alrededor. Veo los coches, la gente con la que nos cruzamos, los escaparates, las ventanas de las casas. Nunca imaginé que pasaran tantas cosas en la ciudad.

Voy a la caza de momentos felices.

Ahora que necesito alegría para reconstruir mi cumpleaños debo prestar mucha atención.

Mi misión es justa; a mí me han arrancado una parte de felicidad sin consultarme y los demás, en cambio, la conservan entera. Eso me da derecho a apropiarme de trozos de la alegría que ellos viven, ¿no?

Sin pedir permiso.

Me pregunto si se puede escuchar el transcurso del tiempo. ¿Hace ruido el tiempo al pasar?

Llegamos al colegio. Le doy un beso a mamá y me separo de ella para acudir a mi aula. Entonces Laura, una compañera de otra clase, me sale al paso.

–¡Hola, Edu!

Yo finjo que no la he visto y sigo mi camino, cargado con mi máquina prohibida. ¿Qué pasará si algún adulto llega a descubrir lo que llevo en la mochila? Me estoy arriesgando mucho...

–¡Edu! –Laura me ha seguido y de un salto me obliga a frenar–. ¿Pero qué te pasa?

Se ha puesto delante de mí y me mira abriendo mucho sus ojos verdes. Yo aparto los míos. Laura es más alta que yo –vaya novedad–, tiene la cara muy blanca y un pelo precioso, castaño y suave, que le cae hasta los hombros.

Siempre me ha parecido una niña que brilla.

Yo no he contestado.

Laura era mi mejor amiga. Qué bien lo hemos pasado juntos. Hasta hace poco éramos inseparables, juntos a todas horas. Su casa es muy grande y cuando iba a visitarla jugábamos a escondernos, a espiar a los mayores. Teníamos nuestro rincón misterioso y allí, fuera del alcance de su familia, compartíamos nuestros secretos. Cómo echo de menos su compañía.

–¿Qué te pasa? –me repite ahora, sin moverse.

Contengo a duras penas mis ganas de contarle lo de la Succionadora, de volver a confiar en ella. Incluso de abrazarla. No debo hacerlo porque Laura es sobrina de una de las Autoridades que han aprobado la eliminación del seis de octubre. Y eso no voy a perdonárselo. No puedo. Por culpa de su familia yo ya no tengo cumpleaños (ella me dijo que lo sentía, pero eso no me basta).

Para mí Laura ha dejado de existir. Como el seis de octubre. Solo que a ella no pienso reconstruirla.

Me siento traicionado.

–Déjame en paz, ¿vale? –le digo de muy mala manera, mientras la esquivo y continúo mi fuga–. No quiero hablar contigo. Nunca más.

Laura se ha quedado quieta al escuchar mis palabras, ha dejado de intentar alcanzarme. Supongo que no entiende por qué le he dicho eso. Peor para ella. La dejo atrás. No me molesto en volverme, no me interesa.

Y menos ahora. *Ahora ya no necesito a nadie.*

Estoy llegando a clase. Otros compañeros me miran y cuchichean. Sigo siendo el Niño Sin Cumpleaños, una sombra que vaga por los pasillos. ¡Si ellos supieran que voy a volver a tenerlo, y mucho mejor que los suyos!

Disfruto por anticipado de mi triunfo. Me recreo en mi secreto como un conspirador.

Mi próximo cumpleaños será perfecto, increíble, maravilloso. ¡Veinticuatro horas completas de felicidad, mil cuatrocientos cuarenta minutos de alegría condensada!

Regalos, felicitaciones, música, tarta y golosinas, muchas visitas, fiesta… Y la alegría no decaerá ni un minuto si elijo bien el tiempo robado.

Nadie podrá competir con mi próximo cumpleaños. Será el mejor cumpleaños de la historia. Y todos tendrán que reconocerlo. Todos querrán que los invite a mi fiesta.

A Laura no pienso invitarla.

Llega el profesor y nos sentamos en nuestros pupitres. Yo coloco con mucho cuidado mi mochila, no vaya a ser que alguien le dé una patada sin querer.

Mi compañera «superflua», que es muy estudiosa, ya tiene el libro abierto.

–Buenos días, niños –comienza el profe, desde su mesa–. Lo primero de todo, os voy a dar una comunica-

ción que debéis entregar a vuestros padres. ¡Que no se os olvide! Este viernes no habrá clase.

Apenas ha terminado de decirlo cuando toda el aula estalla de alegría ante la noticia. ¡Tres días de puente!

Yo estoy a punto de celebrarlo también cuando me doy cuenta de que necesito esos minutos de felicidad. ¡Es el ambiente perfecto para mi futuro cumpleaños!

Ha llegado el momento de estrenar la Succionadora.

Me agacho. Mientras el profesor intenta poner orden, yo ya he abierto mi mochila. Pulso con rapidez la tecla de *power* y, en cuanto se enciende la luz verde, aprieto el botón redondo. El rumor de la clase es todavía elevado, nadie escucha la aspiración de la máquina mientras va succionando minutos. La pantalla no tarda en alcanzar con sus números rojos el «05», momento en que vuelvo a darle al botón redondo para cortar la absorción de tiempo.

Miro mi reloj y confirmo que se ha producido el salto de cinco minutos.

El profesor parpadea varias veces y comienza el reparto de la carta para nuestros padres. Mis compañeros también se han quedado con cara de confusión; no saben qué acaba de suceder, pero intuyen que ha ocurrido algo. Entonces, sin previo aviso, se levanta mi compañera superflua y se pone a aletear con los brazos mientras lanza chillidos como si fuera una gaviota.

Todos la miramos, sorprendidos.

Está haciendo el ridículo y me encanta. ¿A esto se refería don Vinicius cuando me advirtió que el robo de

tiempo provoca reacciones extrañas? Pues me hace muy feliz que Sandra cometa así su primera falta de disciplina. Se lo pienso recordar durante los próximos quince años.

De pronto, Lorenzo, sentado tres pupitres más atrás, se levanta y hace lo mismo, con chillidos aún más fuertes.

Poco a poco, los demás se van sumando al aleteo. Yo resisto a duras penas. La clase, técnicamente, se ha convertido ya en una bandada de gaviotas humanas.

Vaya caos. El profesor nos observa desde su lugar, con la boca abierta. Ni acierta a reaccionar.

Tan repentinamente como empezó, todo termina y la calma vuelve al aula. Nadie entiende lo que acaba de pasar. El profesor aprovecha para terminar de entregar los papeles sin hacer ningún comentario. Creo que prefiere fingir que no ha pasado nada y yo, también.

Misión cumplida.

Primer robo resuelto con éxito. Soy un profesional.

Ya estoy unos minutos más cerca de recuperar mi cumpleaños.

Ninguno de mis compañeros comprende la enorme sonrisa que mantendré durante toda la mañana de clases.

«Día 1», apuntaré esta noche en un cuaderno que he elegido para contabilizar mis robos: «cinco minutos».

Poseo cinco minutos de felicidad.

Me pregunto cuánto vale eso.

MINUTOS DE CACA Y OTROS RIESGOS

Día 2. Estoy tendido en la cama, con la puerta de la habitación cerrada. Sostengo la Succionadora entre las manos como si fuera una joya. Miro el depósito de cristal. En su interior, brilla una capa de arena que yo querría que fuera más gorda. Cuanto más gorda la capa, más minutos acumulados.

Me da por imaginar que los brillos son guiños que me hace el tiempo atrapado en el recipiente.

Los cinco minutos cautivos me tientan para que los use. Quieren escapar, fundirse con esos otros minutos que va gastando la mañana.

¿El tiempo sufre cuando está encerrado? A lo mejor necesita vivir en libertad.

No se me había ocurrido. El tiempo hay que vivirlo, supongo.

Los minutos de felicidad que tengo aquí estaban destinados a ser vividos y ahora permanecen quietos: no son ni pasado ni presente ni futuro.

El depósito de la Succionadora es un «limbo» para los minutos prisioneros.

Mi abuela me habla mucho del «limbo», que es donde van los niños que mueren y no han sido bautizados.

–Prometo que te emplearé –hablo al depósito transparente–. Solo te pido un poco de paciencia, Tiempo. Utilizaré todos los minutos. Prometido.

¿Es una locura pedir paciencia al Tiempo?

Agito la máquina para que los granos de arena bailen en el aire. Son un tesoro para mí. Es un placer sentirlos míos.

Cinco minutos que robé ayer en clase.

Pero hoy es un nuevo día. Un nuevo día que exige la captura de su dosis de tiempo feliz.

Debo volver a robar minutos. No puedo descuidarme, ¡hay mucho en juego!

Mamá llama a la puerta. Yo me apresuro a esconder la Succionadora bajo la cama. Pongo la sonrisa modelo «niño inocente» justo en el instante en que ella abre la puerta.

–¿Estás preparado? –me pregunta, asomada desde el pasillo–. Tenemos que irnos.

A mí lo único que me apetece es seguir contemplando la Succionadora. Mi sonrisa desaparece.

–Yo prefiero quedarme en casa...

En el fondo me hace gracia que las circunstancias que provocan reacciones de fastidio como la mía se llamen, precisamente, «contratiempos».

–¿Estás bien?

Creo que mi comentario ha sorprendido a mamá. Yo nunca quiero quedarme en casa.

–Sí, mamá. Pero me apetece jugar o leer...

Señalo la Play y los libros de aventuras de mi estantería.

–No tardaremos en volver –me anima ella–. Una amiga ha tenido un nene y hemos de ir al hospital a verla. ¡Vamos!

Mi cara se ilumina. ¡Un nacimiento! Seguro que descubro momentos felices que robar.

Aprovecho cuando mamá abandona mi habitación para rescatar la Succionadora y meterla en mi mochila.

Ya en el asiento trasero del coche, mi cara muestra el gesto de un soldado que se adentra en las líneas enemigas.

Me dirijo a mi próxima misión.

Estoy preparado.

No va a ser fácil. Los hospitales son sitios complicados. En ellos la felicidad intenta escabullirse, hay que buscarla con atención para encontrarla. Pero está.

Si piensas que los sitios con olor a medicina son el reino de la enfermedad, entonces no vas a detectar ninguna alegría. Sin embargo, si piensas que allí es donde las personas se curan, los momentos buenos surgen de re-

pente. Así se descubre la felicidad. Por eso hay que saber escuchar, mirar.

Una risa de hospital vale mucho más que una risa en un circo, por ejemplo. Es como si te dieran más puntos por ella, ya que es más difícil de detectar. Y si hay un lugar dentro de los hospitales donde la felicidad brilla especialmente, esa es la zona de «maternidad», donde se quedan todas las mamás que tienen bebés.

Pronto localizamos la habitación donde descansa la amiga de mamá. Llamamos a la puerta y entramos. Ella está acostada. Le entregamos una caja de bombones y un ramo de flores que papá ha comprado en una floristería de la planta baja.

Todos se abrazan y besan. Están muy contentos, pero a mí no se me ocurre cómo emplear la Succionadora sin que me descubran. Por eso yo no me alegro tanto.

Qué rabia, ¡vaya desperdicio de minutos felices!

–¡Edu! –me llama mamá–. ¿No vienes a felicitar a Isabel?

Tengo que disimular o me pillarán. Me acerco hasta la cama con la mochila a la espalda, me pongo de puntillas y le doy un beso en la mejilla a la señora que se extreña como mamá.

El papá nuevo no está ahora.

Un señor mayor que también se encuentra en la habitación nos dice que han llevado al recién nacido al «nido». Todos menos la nueva mamá salimos al pasillo y nos dirigimos hacia allí, que resulta ser una sala acrista-

lada donde se ven muchas cunas con bebés que duermen. Son pequeñísimos. Hay uno llorando, pero no me preocupa: en nuestro lado veo un montón de gente, todos muy sonrientes. Aquí se respira felicidad.

Papá y mamá se han acercado hasta el cristal y ahora les indican cuál es el bebé de su amiga.

Yo me aparto. Voy abriendo mi mochila. La apoyo en el suelo y, sin sacar la máquina, oriento hacia la gente la boca del aparato y presiono la tecla de *power*. En cuanto veo la luz verde, aprieto el botón redondo y la aspiración comienza con su zumbido. Todos están tan atentos a los bebés que nadie se da cuenta de mi comportamiento.

Estoy muy tenso, no dejo de lanzar miradas a mis papás mientras controlo la pantalla de la Succionadora. ¿Y si me descubren justo ahora? ¿Cómo podría explicar lo que estoy haciendo?

Otra duda me asalta: ¿y si justo ahora, que voy a robar minutos, esos bebés empiezan a hacerse caca?

Entonces la máquina estaría absorbiendo un clima de caca.

¿Se harán caca los invitados en la celebración de mi cumpleaños, si utilizo este tiempo robado? Eso sería asqueroso. Caca por todas partes en vez de tarta.

Pero ya es tarde para arrepentirse.

La pantalla de la máquina ha empezado marcando el «05» y cuando ha llegado a «08»... ¡escucho de pronto una voz muy profunda detrás de mí!

–¿Qué haces?

Me quedo helado, no me atrevo a volverme. Es una voz desconocida de hombre, la voz de alguien que me acaba de descubrir robando tiempo. ¡Me han pillado cometiendo un delito muy grave!

Es el fin, qué poco ha durado mi aventura...

–¿Me has oído?

Otra vez esa voz dirigiéndose a mí. Tengo los brazos todavía dentro de la mochila, paralizados. Empiezo a sudar. Poco a poco, me vuelvo para enfrentarme a la mirada de un señor muy alto vestido de verde.

–Na... nada –le contesto como si fuera tartamudo–. No..., no estoy haciendo nada.

El señor de verde pone cara de no creérselo. Me señala. Él verde, y yo, cada vez más blanco.

–Seguro que estabas con algún videojuego de esos, ¡qué vergüenza, te lo estás perdiendo! –ahora dirige su dedo hacia el cristal desde donde se ve a los bebés–. Vaya juventud... ¡Siempre con vuestras maquinitas!

No espera mi respuesta y se va sin dejar de gruñir. Uf. Ha faltado muy, muy poco. Mi corazón vuelve a latir.

Tengo que darme mucha prisa, no volveré a tener tanta suerte. Me inclino hacia mi mochila y activo otra vez la máquina. Cuando alcanza el «12», interrumpo la succión.

Acabo de robar siete minutos de sonrisas y felicitaciones (espero que no de pañales con caca). En mi reloj vuelve a confirmarse el salto temporal.

Cierro la mochila y cuando me acerco al grupo de mis

papás, ¡echan todos a correr hacia el otro extremo de la planta del hospital! Así, de repente. Me acabo de quedar solo mientras los veo alejarse en plan «estampida», como si estuvieran a punto de llegar a una meta. Increíble: mis padres y sus amigos se han olvidado del bebé y continúan la carrera a gran velocidad, esquivando a médicos, enfermeros, enfermeras, pacientes... La gente se aparta a su paso. Papá vuelca una camilla vacía, mamá acaba cayéndose abrazada a una señora que pierde un zapato por el impacto y un señor en silla de ruedas sale despedido hacia el fondo del corredor sin que nadie pueda detenerlo.

Es todo un espectáculo... que he provocado yo con mi robo de tiempo.

Por suerte, antes de que las consecuencias sean más graves, el efecto termina y la calma vuelve. Papá y mamá, ya más tranquilos, caminan hacia mí con gesto confuso. Todo el mundo los mira, ¡qué vergüenza tienen que estar pasando!

Yo me callo. Los minutos que oculto en la mochila son de ellos, pero no han podido disfrutarlos.

Ahora son míos. Día 2, apuntaré en mi cuaderno: siete minutos. Ya *poseo* en total doce minutos disponibles de felicidad.

Y ASÍ ME CONVERTÍ EN UN SOPLÓN

Día 7. Ha pasado una semana desde que visité la Tienda de Cosas Prohibidas.

Ya he tenido que recargar la batería de la Succionadora dos veces.

Cómo me gustaría no estar enfadado con Laura para poder confesarle lo que estoy viviendo. ¡Le encantaría! Pero me niego a contar con ella en esta aventura. No se lo merece. Para mí, como si no existiera.

Es la hora del recreo y todos mis compañeros andan por el patio jugando con balones, persiguiéndose o con el almuerzo entre las manos. Algunos profes pasean mientras vigilan.

Yo no estoy en el patio.

Yo estoy en el baño de chicos. Con mi mochila. Me he encerrado en uno de los retretes, necesito un rato de intimidad.

Tanteo la Succionadora. En su depósito de cristal, la capa de arena brillante empieza a ofrecer un espesor digno. Después de seis robos de tiempo, ya he acumulado treinta y cuatro minutos.

Treinta y cuatro minutos de felicidad disponibles para ser disfrutados cuando yo lo decida. ¡Qué maravilla!

He superado mi primera media hora robada. Es una cantidad importante de tiempo.

¡En media hora pueden pasar tantas cosas!

Eso me hace sentir poderoso.

Durante estos días he robado tiempo en el cole, en un hospital, en la calle, durante una excursión...

No está siendo tan fácil como pensé, de todos modos. El Dependiente tenía razón. Pero yo lo voy consiguiendo.

No he fallado ni un solo día. Y nadie me ha descubierto.

La mochila forma parte de mí. Solo me separo de ella para dormir.

Treinta y cuatro minutos ya son míos y este es el séptimo día. Debo continuar.

Suena el timbre; toca volver a clase.

Salgo del baño con naturalidad y enseguida me mezclo con los grupos procedentes del patio que se dirigen a las aulas. Me vuelvo invisible entre tanta gente y así me siento seguro.

Parezco uno más, aunque en el fondo no lo soy. Yo no tengo cumpleaños.

De momento.

Mi mirada se cruza con la de Laura, que me alcanza mientras subimos por las escaleras.

–¿Dónde te has metido durante el recreo? –me pregunta haciéndose la inocente–. Te he estado buscando.

–¿A ti qué te importa? ¡Déjame!

Ella me mira con extrañeza.

–Llevas unos días muy raro, Edu. ¿Qué te pasa? ¡Yo no te he hecho nada!

No pienso recordarle la terrible decisión de su tío. Aun así, sufro las ganas de volver a compartir con ella esos buenos momentos que antes vivíamos. Juntos. Solo ella es capaz de comprenderme, de animarme en esos días que nos parecen muy negros nada más levantarnos de la cama. Supongo que ahora, sin cumpleaños, todos los días son negros para mí. Y ella ya no está para iluminarlos.

Me siento aún más vacío cada vez que Laura se acerca, porque su presencia me recuerda que ya no la tengo. Una edad eterna sin tu mejor amiga puede hacerse todavía más larga. Larguísima.

Las horas sin amigos tienen más minutos. Lo que pasa es que son minutos inservibles.

Laura sigue junto a mí, esperando una respuesta, una reacción.

En el fondo, sé que no me apetece castigarla. Dudo. Falta muy, muy poco para que yo estire un brazo y le acaricie el pelo como sé que a ella le gusta. O que le haga cosquillas en sus puntos débiles, que tan bien conozco, como hacía antes.

Jo, la verdad es que nos reíamos mucho. Cuando te ríes mucho, nada te da miedo.

No. No quiero alejarme de ella, es solo que me da mucha rabia lo que su tío ha hecho. ¡Seguro que Laura podría haberlo evitado si se lo hubiera pedido! O a lo mejor no. La verdad es que no lo sé y ahora me tengo que conformar con el recuerdo de todo lo que hacíamos juntos. Pues vaya plan. Laura. Me encanta la mirada intensa que pone cuando escucha mis problemas. Se le formaba una arruguita en la frente muy graciosa. Y su sonrisa. Siempre tenía tiempo para mí, dejaba lo que estuviera haciendo y venía a consolarme si yo me sentía triste. O me hacía reír con chistes malísimos si yo estaba enfadado.

Laura tiene la misteriosa habilidad de conseguir que nada de lo malo parezca importante.

Ella espera y yo no soy capaz de decir nada. Quiero abrazarla y refunfuñar, todo a un tiempo. Estoy enfadado y triste y confundido. Huyo al fin, la dejo atrás y entro en mi aula. Aún alcanzo a ver cómo ella se frota los ojos mientras se dirige a la suya. Está a punto de llorar. Y yo también.

Echo de menos a Laura, claro. Pero no debo ceder. La situación es demasiado grave. *Ella tiene cumpleaños.*

Avanzo entre los pupitres. Mamá tenía razón: los compañeros me miran cada vez menos. Aquí también ha dejado de ser novedad la presencia de un «niño sin cumpleaños». Al menos para la mayoría, porque algunos me

siguen tratando con la superioridad de quien tiene algo que tú no tendrás nunca.

A esos los odio.

Me siento en mi silla, junto a la compañera superflua que, como siempre, ya está preparada en su sitio. Puf. Cualquier día gastaré alguno de mis minutos robados para llegar a clase antes que ella. ¡Vaya cara pondría!

Pero no, no lo haré. Tengo un plan mejor para ese tiempo.

Entonces entra el profesor. Cierra la puerta.

Intento olvidarme de Laura.

—A vuestro compañero Jaime le ha desaparecido el estuche —dice, en vez del acostumbrado «Buenos días»—. Por lo visto, ha sido durante la segunda hora. ¿Alguien sabe algo?

Así que Jaime se ha chivado. Nadie dice nada, aunque yo sospecho de Martín. Martín es un chico grande y gamberro que se sienta al fondo de la clase y que siempre está gastando bromitas así. Es el *líder.*

Incluso un imbécil como él conserva su cumpleaños.

—Alguien ha de tenerlo… —continúa el profe—. Los estuches no se van solos.

—Los días tampoco abandonan solos el calendario —murmuro.

El silencio se mantiene en el aula. Yo lo noto aún más sólido que antes. Todos hemos bajado los ojos, excepto Martín. Es un provocador.

—¿Me vais a obligar a registrar vuestras mochilas? —la

mirada del profe se detiene en cada uno de nosotros–. Terminemos ya con esta broma.

Yo no escucho. Se me acaba de helar la sangre. ¿Un registro de mochilas? ¿De verdad está dispuesto el profesor a inspeccionar las mochilas? La situación se ha vuelto mucho más grave para mí.

Gravísima.

¡Llevo la máquina succionadora en mi mochila! ¡Me van a descubrir!

Trago saliva. Mi cara muestra la palidez de los culpables, la marca de los que ocultan un terrible secreto.

¡No tengo escapatoria!

El profe, muy serio, cumple su amenaza: ha empezado a comprobar el contenido de las mochilas de los primeros compañeros. Sigue el orden de los pupitres. Comienza por Sara, luego Kevin, continúa con la mochila de Carla.

¿De verdad me van a descubrir por una tontería así?

¿Voy a terminar en la cárcel por culpa de un estuche?

Si me arrestan por robo de tiempo, incumpliré la palabra que di al Dependiente de la Tienda de Cosas Prohibidas; no acudiré a mi cita con él dentro de un año para devolverle la máquina. Y papá y mamá se enterarán de que su hijo es un ladrón de tiempo.

Qué vergüenza. Y va a ocurrir delante de todos mis compañeros.

Ya imagino lo que dirá la abuela al enterarse: «Qué drama».

Estoy sudando, se me acelera el pulso y noto la garganta seca.

Me van a pillar. Nada puede evitarlo.

Qué desastre.

El profesor está cada vez más cerca y cualquier maniobra que yo intente con mi mochila llamará su atención. Además, siento todo el cuerpo paralizado de miedo. Mi compañera superflua aguarda a mi lado, muy tranquila, casi ansiosa de mostrar su perfecta cartera de contenido legal.

Qué mal me cae la muy...

Me vuelvo hacia el fondo de la clase y observo a Martín. Él también está nervioso, lo noto (la complicidad de los delincuentes). Dirige breves ojeadas a su mochila. La va empujando con sus pies hasta colocarla bajo la mesa del pupitre.

Trama algo. Lo sé. Su actitud me confirma no solo que él es el autor de la broma, sino que aún no ha podido deshacerse del botín.

El profe, mientras tanto, se aproxima a mí peligrosamente. ¡Apenas me queda margen para improvisar algo!

Mi tiempo se acaba. Qué ironía, cuando tengo junto a mis piernas media hora sin gastar.

El profe examina ahora la mochila de Raúl, el compañero que se sienta delante de mí.

Soy el siguiente.

La Superflua me mira desde su posición con una sonrisa de suficiencia.

En este instante me pongo en pie de un salto y suena mi voz de pito:

–¡Lo tiene Martín! –señalo al gamberro, oculto al final de la fila–. ¡Yo vi cómo quitaba el estuche a Jaime!

Estoy mintiendo con la esperanza de acertar. Así de desesperado estoy.

Todos me observan a mí primero, asombrados por mi denuncia pública, y luego al acusado.

Martín me dirige una mirada de odio que traspasaría un muro de hormigón. Apenas logra reaccionar antes de que el profe llegue hasta su sitio y le arranque la mochila de las manos.

Ojalá mi sospecha se confirme. Si no, todo habrá terminado para mí. Contengo la respiración.

El profesor interrumpe pronto su registro. Saca de la mochila de Martín un estuche rojo que Jaime reconoce al momento como el suyo. Mi alivio es tan grande que no escucho el castigo que se impone al culpable.

Tampoco me importa.

He quedado como un chivato y lo pagaré. Un chivato pedante y sin cumpleaños. No se puede caer más bajo en la escala social del cole, pero me da igual. Cualquier precio me parece pequeño a cambio de mantener en secreto mi condición de ladrón de tiempo.

El juego continúa. Y eso es lo importante.

JUGANDO A ALGO QUE NO ES UN JUEGO

Los chicos de la plaza ya no cuentan conmigo para jugar al fútbol. Últimamente siempre les digo que no me apunto y se han cansado de esperarme.

Lo del dolor de tobillo no cuela.

Tenía que ocurrir. Me ven siempre solo, cargado con mi mochila y una expresión rara en la cara que no consigo disimular. Es el precio de mi secreto. Ellos no entienden que tengo que estar atento a lo que ocurre alrededor para que no se me escapen minutos de alegría.

No pienso en otra cosa. De día y de noche. Estoy centrado en mi misión «clandestina».

«Clandestino» significa oculto, algo que haces sin que nadie lo sepa.

Por eso ya no juego en la plaza.

Soy un cazador, un pirata del tiempo. No me puedo

permitir jugar al balón mientras flotan por ahí minutos de felicidad que yo podría emplear para la reconstrucción de mi cumpleaños.

Hoy, después de lo que ha ocurrido en el cole, necesito hablar con el Dependiente. Por eso estoy aquí ahora, frente al mostrador de la tienda, asomando mi cara por encima. Quizá sea el único cliente que ha entrado dos veces en este lugar a lo largo de la historia.

–Un placer verte de nuevo, Niño Eterno –me saluda Don Vinicius–. ¿Cómo va la misión? Te noto preocupado.

Al menos esta vez mi cuerpo no le parece un disfraz.

–Hasta hoy, bien –le respondo–. Pero han estado a punto de pillarme, señor. Ha faltado muy poco.

Le cuento lo sucedido en el colegio (aunque no lo muchísimo que añoro a mi amiga Laura). Él asiente.

—Robar tiempo es jugar con fuego —dice él—. Ya te lo advertí. Llevas a tu espalda una mercancía peligrosa.

Señala mi mochila.

—Lo sé, don Vinicius. Pero no se me ocurre otra manera de estar siempre listo.

—Ya veo.

—Nunca se sabe cuándo puede uno encontrarse minutos de felicidad.

La Succionadora me ha convertido en un ladrón a tiempo completo.

—Tienes razón en eso, chico. De todos modos, si te parece demasiado riesgo, estamos a tiempo de cancelar nuestro pacto. Basta con que me devuelvas la Succionadora y estaremos en paz. Así podrás recuperar tu vida normal.

Mi vida normal. ¿Puede ser normal la vida de un niño perpetuo de diez años? Un niño que ha renunciado a su mejor amiga, además. Me muerdo un labio, indeciso.

—Pero mi cumpleaños…

El Dependiente se encoge de hombros.

—Todo no se puede tener en la vida —opina—. A veces hay que renunciar a algo para disfrutar de lo demás. Y quizá sea mejor así, en este caso. Nadie está preparado para manipular el tiempo.

—¡No conozco a nadie que haya tenido que renunciar a su cumpleaños, don Vinicius! ¿Por qué yo sí?

–Si me pareciera justo, no te habría ofrecido la máquina. Solo quiero que tengas muy claro a qué estás jugando.

Estoy jugando a algo que no es un juego.

–Lo tengo claro –le digo con voz firme–. Y quiero seguir. Merezco mi cumpleaños y lo tendré.

Don Vinicius asiente otra vez.

–Adelante, entonces. Eres tú quien se arriesga. El pacto sigue en pie.

–Sí.

Me gusta que me trate como si fuera adulto. Así me hago una idea de lo que debe de ser cumplir años hasta alcanzar los dieciocho, los veinte. Tienes que sentirte muy especial cuando los mayores te escuchan, te hablan de igual a igual, te tienen en cuenta.

Cuando existes para ellos.

Yo no quiero renunciar a eso.

El Dependiente se inclina desde el mostrador:

–¿Cuidas bien la máquina? Recuerda que deberás devolverla en perfecto estado.

–Sí, don Vinicius. Está como me la entregó.

–Bien, bien.

Me asalta un repentino temor:

–Pero si todo esto no saliese bien… –empiezo–. Si me descubren, ¿qué pasará con usted?

Don Vinicius frunce el ceño desde su altura.

–¿A qué te refieres, muchacho?

–Usted…, usted me entregó una máquina prohibida, y… si me descubren querrán saber cómo la conseguí.

¡Adivinarán de dónde la he sacado! Nadie salvo usted podría tener algo así en esta ciudad.

Don Vinicius se alisa los extremos de su bigotillo. No entiendo por qué sonríe. A mí me parece un tema muy serio.

—No te preocupes, niño. Si te atrapan, yo me enteraré muy pronto y para cuando vengan las Autoridades solo encontrarán una tienda cerrada con la bodega vacía. No es la primera vez que me pasa; me encanta abrir sucursales nuevas por el mundo.

Suelta una sonora carcajada y vuelve a inclinarse hacia mí:

—Niño de Diez Años, el mayor peligro lo corres tú. No lo olvides. Ten mucho cuidado.

TARTA, VELAS Y VÓMITOS

He abierto el cuaderno por la página en la que voy anotando los robos de tiempo. «Pareces un usurero revisando sus cuentas», ha dicho papá cuando me ha visto acurrucado en el sofá con el cuaderno medio escondido.

«Qué drama», ha añadido la abuela, desde su sillón. «Un usurero en la familia».

Lleva los dientes puestos, por eso la he entendido.

El diccionario me aclara la acusación.

Usurero: persona que obtiene un beneficio demasiado grande de un negocio.

Incluyo esa nueva palabra en mi colección, aunque no me doy por aludido: el beneficio que conseguiré al terminar mi misión no me parece ni grande ni pequeño, me parece que tiene el tamaño justo. El tamaño que yo merezco.

Papá habla sin saber, eso es lo que pasa. Si llegara a sospechar lo que oculto…

«Día 8», escribo en el cuaderno. Junto a estas palabras, dejo un espacio en blanco que espero completar dentro de unas horas con una nueva cifra.

Y es que en la línea anterior, junto a «Día 7», solo figura un cero. Ayer desperdicié una jornada completa por culpa del registro del profesor. No robé tiempo. Ni un minuto.

Al menos me salvé.

A cambio, eso sí, de arruinar mi reputación. Ahora en el cole soy un chivato, además de un «subniño». No quiero ni pensar en cómo será mi recibimiento el próximo lunes. Más me vale esquivar a Martín durante una temporada.

La ventaja de mi situación es que no me agobio porque tengo cosas más importantes en las que pensar: el pacto con el Dependiente.

En la Succionadora continúan almacenados treinta y cuatro minutos de felicidad. Y debería haber más si pretendo reconstruir mi cumple en la fecha precisa.

Hoy toca, por tanto, un robo extra de minutos que compense los que no conseguí ayer.

Por ejemplo… ¿diez minutos?

Dudo que diez minutos sea una cantidad peligrosa para quitar de un golpe. Durante el Día 2 me quedé con siete, allá en el hospital, y nadie se dio cuenta.

Además, el día de hoy me ofrece la ocasión perfecta:

es sábado y un compañero de clase que se llama Fran celebra su cumpleaños. A mí no me ha invitado (hasta ahora siempre lo había hecho). No es por haber delatado a Martín. No. La razón es que, como yo ya no tengo cumpleaños, resulta muy incómodo invitarme a la celebración del cumpleaños de otro.

Eso me dijo ayer la Superflua, que siempre lo sabe todo.

Por lo visto, la gente se sentiría mal en mi compañía.

En este «daño colateral» no pensé cuando imaginaba las consecuencias de quedarme sin cumpleaños. Di por hecho que no podría volver a celebrar el mío, pero no se me ocurrió que además dejarían de invitarme a los de los otros.

Vaya chasco.

El panorama empeora a cada momento.

El pensar que tampoco seré invitado al cumpleaños de Laura me duele especialmente, aunque no habría acudido. Siempre acabábamos sus fiestas los dos solos, en su casa, pinchando globos y eligiendo el peor regalo que había recibido (el de su abuela). Qué risas.

Definitivamente, tengo que lograr fabricar mi próximo cumpleaños. A cualquier precio. Antes de que me convierta en un desterrado.

Por eso voy a acudir de incógnito al *cumple* de Fran. Quiero robar minutos de su celebración. Está decidido. Ya que no me ha invitado, me quedaré con un trozo de su cumpleaños que emplearé para fabricar el mío. Es lo justo.

Nada va a detenerme.

Ya estoy vestido. *Es la hora.*

Voy a mi habitación y guardo la Succionadora en mi mochila (he recargado su batería por la noche). Le digo a mamá que salgo a la plaza hasta la hora de la merienda –ella, que está hablando por el móvil, me da permiso– y desaparezco.

Fran y yo somos casi vecinos, así que llego enseguida a su casa. Su familia vive en un chalé con jardín. No como yo, que vivo en un piso pequeño.

Chalé, cumpleaños, amigos… Hay gente que lo tiene todo.

Yo, no.

Cruzo la puerta de la verja. Un niño nunca llama la atención, me cuelo con facilidad. Atravieso el jardín. Ya oigo el jaleo de la fiesta de Fran y la envidia me quema. A través de una ventana, veo el interior de la casa: globos, música, regalos y montones de comida sobre una mesa que rodean los compañeros del cole.

¡Yo también quiero algo así!

La tristeza se me clava como cuando te pica una avispa; acabo de recordar mi último cumpleaños, que no fue tan distinto al que estoy viendo. Yo también era el protagonista de una fiesta parecida. Y estaba Laura.

Todos los años, cada seis de octubre, yo era el protagonista.

Lo más deprimente es que nadie parece notar mi ausencia en medio de esta celebración. A nadie le importa que yo ya no tenga cumpleaños. Cómo duele eso.

Seguro que Laura también ha sido invitada a la fiesta, aunque desde aquí no la veo.

Están todos: Kevin, Zuleima, Sandra, Javi, Teresa, Isma... Todos, salvo yo.

Me agacho para que no me descubran. No me atrevo a seguir asomándome, pero sigo escuchando las risas, los gritos y la música.

Me doy la vuelta al oír un chasquido. ¡Es don Javier, el papá de Fran, que llega ahora desde la calle! ¿Cómo he podido ser tan idiota de quedarme aquí parado?

Me tiro al suelo, junto al muro de la casa. ¡Ha estado a punto de verme! El corazón me late a mil por hora. ¿Y si me descubre?

¿Cómo podré explicar mi presencia aquí? ¡Qué vergüenza!

El papá de Fran se ha detenido muy cerca de mí. Yo tenía la esperanza de que cruzara rápido y se metiera en casa, pero está hablando por el móvil y se queda fuera, en el jardín, a pocos metros. Gesticula. Si se vuelve en mi dirección...

No tengo escapatoria. En cuanto intente cualquier movimiento, me detectará. Solo puedo esperar.

Entonces don Javier da media vuelta, distingue mi bulto sobre el césped y se me queda mirando.

–¿Y tú quién eres?

Me acaba de descubrir y ahora me señala con el dedo, mientras se aparta el teléfono de la oreja.

No respiro. No pestañeo.

Quiero desaparecer. De pronto me encantaría que los niños sin cumpleaños fuéramos invisibles.

Me he quedado mirándole con cara de circunstancias, completamente fuera de juego. Procuro que no vea la mochila a mi espalda. Me llevo un dedo a los labios para pedirle silencio, lo que le sorprende. Es otra forma de ganar tiempo y tampoco quiero que desde dentro de la casa se enteren de lo que está sucediendo.

–Estamos…, estamos preparando una broma para Fran –improviso con un susurro–. Los demás le entretienen dentro y yo…

Don Javier mira a mi alrededor, esperando ver algo que le informe de la presunta broma. Se ha quedado callado. Por fin, se encoge de hombros y suspira. Parece que yo no soy lo suficientemente importante como para interrumpir por más tiempo su conversación, así que vuelve a llevarse el teléfono a la oreja y termina entrando en la casa sin prestarme más atención.

Yo estoy a punto de salir corriendo. Después de un susto tan tremendo, lo único que me apetece es huir y esconderme en mi habitación. Don Javier no tardará en descubrir que no hay ninguna broma preparada para su hijo. Pero necesito más tiempo. Necesito el tiempo de Fran.

Es el momento.

Sin levantarme, abro la mochila, saco la Succionadora y presiono la tecla de *power*. Alzo la máquina hasta el marco de la ventana y oriento la boca aspiradora hacia

la sala de la celebración. La luz verde ya está encendida. Pulso el botón redondo y la cifra en rojo, que marca treinta y cuatro, empieza a aumentar: treinta y cinco, treinta y seis, treinta y siete...

Justo entonces escucho la canción de «cumpleaños feliz»; por lo visto, ha aparecido la mamá de Fran, imagino que con una tarta llena de velas encendidas. Bonita coincidencia.

Cuando la pantalla de la Succionadora llega a «cuarenta y cinco», aprieto el botón que interrumpe la absorción de tiempo.

En la casa de Fran se ha hecho el silencio. Me asomo con cautela desde mi posición en el exterior. Ahí dentro todos tienen cara rara. Se esfuerzan ahora en reanudar las risas, parece que hayan olvidado el motivo de la fiesta. Las velas de la tarta sobre la mesa humean sin llama. Están apagadas. Como si alguien hubiera soplado ya.

Miro el reloj. Sí; se ha producido un salto de once minutos, los que yo acabo de arrebatarles desde el jardín.

Justo cuando me pregunto si va a producirse algún efecto extraño por culpa de mi robo, resuena la primera arcada. Me fijo bien: se trata de Isma, un compañero que juega muy bien al fútbol. Ha empezado a boquear como un pez fuera del agua. Hincha las mejillas, intenta mantener la boca cerrada hasta que ya no puede más y suelta sobre la mesa del banquete una impresionante lluvia de vómito que salpica a los demás. Todos gritan, seguro que el olor es repugnante. Para entonces las arcadas se han

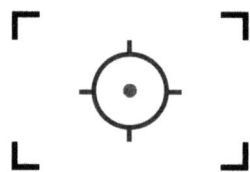

multiplicado: Javi, Zuleima, Marcos..., hasta Fran y su madre están sufriendo unas terribles ganas de devolver. Se han puesto blancos. Aunque se esfuerzan por contenerse, uno a uno van soltando todo lo que habían comido. Sus bocas parecen volcanes en erupción. El vómito se dispara en todas las direcciones. Hay restos encharcados en el suelo del salón, en las sillas, en las ropas, sobre unas macetas... ¡Hasta veo manchas en los globos! Incluso a mí, que estoy fuera, me entran náuseas. Por eso me aparto de la ventana. Ya he visto suficiente.

No puedo evitar una sonrisa mientras oculto la Succionadora dentro de la mochila. Me he quedado con el mejor momento del cumpleaños de Fran... y les dejo el peor.

No me arrepiento.

Ahora es el momento de escapar. Antes de que el papá de Fran se acuerde de mi presencia en el jardín, salgo corriendo.

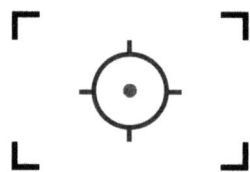

SOSPECHAS DOMÉSTICAS

Hoy domingo he robado cinco minutos más durante la comida familiar, pues han venido mis tíos con sus hijos y el ambiente era perfecto. La sorprendente reacción de mis primos al sufrir el robo de tiempo, en medio de la mesa, ha sido ponerse de pie, darse la vuelta, bajarse los pantalones y enseñarnos el trasero. Así, como te lo cuento. Una demostración perfecta de lo que viene a ser «hacer un calvo». Mis padres todavía lo están asimilando.

Al menos la Succionadora marca ya cincuenta minutos. Ha merecido la pena sembrar el caos en la familia.

¡Cincuenta minutos de tiempo feliz!

Estoy a punto de conseguir mi primera hora completa.

«Día 9», he apuntado en mi cuaderno. «Cinco minutos».

La columna de datos en la página del cuaderno empieza a ser larga. Y cada vez lo hago mejor, me estoy convirtiendo en un ladrón de tiempo muy profesional.

Mamá entra en mi habitación sin avisar. Doy un respingo, casi me pilla con la Succionadora en las manos. Menos mal que acabo de guardarla en la mochila.

–Hola, mamá –saludo, en versión «niño bueno».

Ella mira el modo en que agarro la mochila, tan fuerte que tengo los nudillos blancos.

–¿Qué pasa, Eduardo María?

Mamá ha empleado mi nombre completo, se encienden todas mis alarmas. Algo pasa.

–Nada –contesto.

Yo mantengo mi pose de angelito, sé que eso la enternece. Si no funciona, aún me queda lo que llamo el «plan mimoso», que consiste en adoptar una actitud muy cariñosa con ella. Está comprobado: las mamás no pueden resistirse a un niño que busca una caricia (sobre todo, si es el suyo).

Todos los niños-prodigio, sobre todo los de cuerpo subdesarrollado como yo, somos grandes estrategas.

Cuestión de supervivencia.

–Llevas unos días muy raro –dice mamá–. Papá y yo nos hemos dado cuenta.

Yo finjo asombro. Así, además, gano tiempo hasta que pueda averiguar de qué va esto.

–¿A qué te refieres?

Ella señala la habitación. No hay ni un solo juguete por el suelo.

–¿Desde cuándo eres tan ordenado?

Pues tiene razón. Jamás he tenido el cuarto tan limpio.

–En el cole nos han dicho que tenemos que serlo, mamá. Lo estoy intentando.

Buena improvisación, pero ella no se lo traga. Es muy lista.

–Lo que ocurre es que ya no juegas aquí –dice–. Hace días que no juegas. Te encierras en tu habitación y no haces nada, salvo tumbarte en la cama. No es normal a tu edad.

¿A mi edad? Eso ha sido un golpe bajo.

–No exageres, mamá.

Me doy cuenta de que está verdaderamente preocupada.

–Y has dejado de leer.

Ella contempla ahora mi mesilla de noche, donde yo suelo dejar siempre el libro que estoy leyendo. Ahora no

hay ninguno... porque hace días que no leo, es verdad. ¿Cómo he podido cambiar tanto en tan poco tiempo? ¡Y ni siquiera me había dado cuenta!

–Tus primos aún están en casa –insiste mamá–, no has querido ir con ellos a la plaza. ¿También eso te parece normal?

–Es que es lo que hago todos los días...

–¿Y justo hoy que están tus primos no te apetece?

–Pues no –me pongo impertinente–. Hoy no quiero.

Me siento acorralado y no me gusta.

–Tampoco hablas con tu hermana. Y siempre estás serio, como ausente.

–¿Serio, yo? ¿Ausente?

Repetir lo que me dicen como si fuera idiota es otro modo de ganar tiempo.

–Papá y yo nos preguntamos dónde tienes la cabeza desde hace unos días. Es como si de pronto no te interesara nada de lo que ocurre en esta casa. Y tú antes no eras así...

–Lo que dices no es cierto, mamá –me limito a decir.

No sé cómo argumentarlo. Parezco aún más idiota que antes.

Ella ha avanzado un paso. No está dispuesta a rendirse.

–¿Qué le ha ocurrido al novio de tu hermana? –comienza–. De eso hablamos durante la cena el viernes pasado, tendrías que acordarte.

Me quedo callado. No tengo ni idea. ¿Le ha ocurrido

algo? No me enteré, imagino que estaba planificando mi ataque en plan comando al cumpleaños de Fran mientras ellos hablaban.

–¿Le ha tocado la lotería? –pruebo, a ver si hay suerte.

Mamá pone cara triste. No he acertado.

–Le atropelló un coche –me comunica–. No ha sido grave.

No digo nada. Prefiero refugiarme de nuevo en la idiotez. (Me preocupa que me resulte tan fácil parecer idiota, pero ahora no es momento de pensar en ello).

–Y no te separas de la mochila en ningún momento… –mamá vuelve a atacar–. ¿Qué llevas en ella?

Trago saliva. Esto se está complicando mucho, mucho. Pero mucho.

No sé cómo, logro aparentar calma:

–Nada, mamá. Solo los libros del cole.

Se queda callada.

Da un nuevo paso adelante.

–¿Me la enseñas? –tiende los brazos hacia la mochila, mi sagrada mochila que contiene la máquina prohibida.

¡Peligro!

Debo medir bien mis próximos pasos. Cualquier error será el fin.

–¿Por qué? –le pregunto suavemente–. No tengo nada…

Ella se encoge de hombros.

–Por curiosidad, Edu.

–¿Es que no confías en mí? –estoy jugando a la de-

sesperada, pero al menos mamá duda; tampoco quiere arriesgarse a herirme.

–¿Tienes algún problema, Edu? ¿Es por lo del seis de octubre? Si es así, sabes que puedes contar con nosotros.

Pero no. Ellos no pueden ayudarme en esta guerra. Y si se enteran de lo que estoy haciendo, me obligarán a devolver la Succionadora. Entonces todo habrá terminado. ¡Tendré que renunciar para siempre a tener cumpleaños!

No me gusta mentir a mis padres, me siento fatal por ello. Sin embargo, no tengo más remedio.

–De verdad que no, mamá –respondo–. No tengo ningún problema. Prometo estar más atento a partir de ahora, ¿vale?

Mi compromiso no la convence. Aun así, mamá opta por retirarse. Al menos he resistido el primer asalto.

Tomo nota de la advertencia: debo ser más discreto en mi labor de ladrón de tiempo o me descubrirán antes de poder acumular los mil cuatrocientos cuarenta minutos que me hacen falta.

El peligro no está solo fuera.

EL ATAQUE DE MARTÍN

Martes.

Escribo «Día 11» en mi *cuaderno de robos de tiempo*.

Ayer en el colegio algunos compañeros me hicieron el vacío por soplón. Vaya comienzo de semana. Es lo que tiene enfrentarse con el líder, nadie olvida el episodio del estuche. Por suerte, yo tengo la conciencia tranquila; era él o yo, hice bien en chivarme al profesor.

Al menos logré esquivar a Martín, que me estuvo buscando para pegarme. Laura se cruzó con él en el pasillo de las clases y lo despistó diciendo que me había visto en otro sitio. Fue bonito. Yo, que lo observaba todo desde mi escondite, estuve a punto de acercarme para darle las gracias, pero resistí. Que Laura me ayude ahora no me devolverá el cumpleaños. ¡Debo mantenerme firme! Aunque cada vez me cuesta más, lo reconozco. Es muy

cansado esto de la venganza, ¿sabéis? Empiezo a pensar que no compensa y tampoco tengo muy claro para qué sirve exactamente.

¿Qué espero conseguir? Creo que no me he parado a pensarlo todavía.

La verdad es que cuando Laura y yo éramos amigos nadie me molestaba. Tiene mucho carácter, así que no es fácil que alguien se atreva a enfrentarse a ella. Y todos sabían que atacarme a mí era atacar a Laura, lo que me venía muy bien. A su lado yo me sentía valiente porque me sentía protegido.

Junto a Laura apetece buscar aventuras, enfrentarse a peligros. Siempre ha sido así, te arrastra con su entusiasmo. Como durante aquella excursión a la montaña que hicimos todos los del curso hace unos meses. Descubrimos una cueva muy profunda, y fue ella la que me tendió la mano para invitarme a explorarla. Yo no me atrevía, pero en cuanto sentí sus dedos estrechando los míos fue como si nada importara. Qué pasada. Llegamos hasta el fondo de aquella grieta y encontramos unos huesos antiguos que parecían humanos. Fue muy emocionante. Al salir, todos nos miraban como héroes.

Yo nunca he sido un héroe en nada, salvo con ella.

«Contigo hasta el fin del mundo», me dijo al abandonar la cueva, sus ojos tan luminosos.

En clase Martín me hace gestos amenazadores. Yo, para no asustarme, me fijo en mi compañera la Superflua.

El problema es que me aburro. Me aburro tanto que

incluso me llego a plantear si dejarme pegar por Martín merecerá la pena comparado con el espionaje a la Superflua.

Sandra es un auténtico tostón con patas.

Por lo menos, ayer todo salió bien. Mientras me escondía de Martín durante el recreo, llegué al salón de actos del cole, donde los niños de Infantil asistían a un teatro de marionetas. Conseguí quitarles seis minutos agachado en la última fila de butacas. El problema vino después, cuando por culpa de mi robo los niños empezaron a dar saltos como si fueran ranas. Fue impresionan-

te: algunos incluso sacaban la lengua para cazar moscas y escupían.

Debo tener mucho cuidado con los efectos que provoca la Succionadora.

Acumulo cincuenta y seis minutos. De pronto suena el timbre y todo el mundo sale al recreo en tromba. Yo decido esconderme en el baño para evitar a Martín, pero me encuentra enseguida. Esta vez, Laura no está para despistarlo. Antes de que pueda reaccionar, Martín me da una patada en la espinilla y un puñetazo en la tripa.

Yo me encojo contra la pared.

–¡Bocazas! –me grita.

Después se va corriendo al patio para reunirse con sus amigos. Yo no he soltado la mochila en ningún momento. Y eso que la tripa me duele mucho.

No sé si soy valiente o todo lo contrario.

Al menos ha pasado el peligro. Ya estoy mejor.

Ahora lo importante es encontrar un momento de los buenos para robar. Esta mañana me está costando mucho descubrir minutos felices, la gente está muy seria.

Y eso me preocupa; me queda todavía mucho tiempo por atrapar con la Succionadora.

No puedo permitirme perder días.

¿SE PUEDE ROBAR A UN LADRÓN?

Esta tarde he obligado a mamá a volver al colegio.

Se lo he pedido con una cara de miedo tan grande que casi se ha puesto a correr en medio de la calle para seguir mi paso.

Yo tiraba de su mano sin parar, como esos sabuesos cuando persiguen a una presa. Creo que le he dejado un brazo más largo que el otro de tanta fuerza con la que insistía.

Os prometo que sudaba de miedo.

Y es que me ha ocurrido algo espantoso: ¡me he olvidado la mochila en clase!

Increíble. Ningún espía cometería un fallo tan tonto como el de dejar su arma sin vigilancia.

Soy tonto. La mercancía prohibida al alcance de cualquiera, ¡qué falta de profesionalidad!

Me iban a descubrir. Me iban a enviar a la cárcel. Ya lo estaba viendo.

Y todo por un despiste.

¿Qué pensarían mis padres? ¿Y don Vinicius?

Ya sentía la vergüenza de imaginarme arrestado por la policía mientras todos mis compañeros me señalaban con el dedo. Incluso escuchaba a mi espalda la risa malvada de Martín. ¿Me conducirían esposado hasta uno de esos coches-patrulla con la sirena encendida?

Vale, a lo mejor tengo demasiada imaginación.

El caso es que he dejado mi mayor tesoro sin protección. ¿Cómo me ha podido pasar? ¿En qué estaba pensando cuando ha sonado el timbre y todos hemos abandonado la clase?

Mi compañera Superflua no me ha avisado de mi despiste, claro. Ella ha tenido que darse cuenta y no me ha dicho nada. Habrá recogido sus libros con esa cara de patata seca que tiene, habrá soltado un bufido en plan «qué tontos sois los niños» y se habrá largado.

–¡Tranquilo, Edu! –decía mamá, a punto de perder el equilibrio por mi culpa–. No es tan grave. Seguro que la recuperamos.

Yo no tenía fuerzas ni para seguirle la corriente. Debía disimular, pero no podía. Estaba demasiado asustado.

Ella no sospechaba lo que había en juego: ¡mi vida, mi futuro!

Jamás se me había hecho tan largo un camino.

Por fin hemos llegado al cole. Mamá se ha quedado

esperando en conserjería y yo me he lanzado a volar por las escaleras rumbo a mi clase. He estado a punto de tropezar varias veces.

Casi no podía respirar ni hablar. ¿Y si ya no estaba la mochila? ¿Y si se la habían llevado?

¿Y si alguien ha descubierto lo que contiene?

¿Qué iba a hacer? ¿Fugarme antes de que la policía llegara a casa para detenerme?

¿Adónde podría huir?

Ya veía la noticia en la televisión, los titulares de los periódicos con mi foto:

¡NIÑO DE DIEZ AÑOS DETENIDO POR ROBAR VARIAS HORAS DE TIEMPO!

Llevaba semanas cometiendo su crimen. Se calcula en varias decenas el número de víctimas, que aún no han sido identificadas. «Era un niño encantador», afirman los vecinos, asombrados. «Muy educado, saludaba siempre». Nadie podía sospechar que se trataba de un «ladrón de tiempo en serie».

EL SABOR DE LOS CRISTALES SUCIOS

Por fin llego a la clase. Clavo los ojos en mi mesa, que sobresale en medio de una de las filas de pupitres. Llego hasta ella, me agacho y... la mochila no está.

¡No está!

Alguien se la ha llevado.

Estoy perdido.

Me he quedado mirando el suelo vacío como un idiota. La mochila no está.

Por mucho que mire no va a aparecer: alguien se la ha llevado.

Tenía que estar aquí y no está. Es el fin. Esta vez sí.

Estoy sentenciado.

¿En la cárcel me obligarán a madrugar todos los días?

¿Tendré que comer verdura?

¿Dejarán que papá y mamá vengan a verme de vez en cuando?

Aunque a lo mejor son ellos los que no quieren verme cuando sepan que soy un ladrón de tiempo...

Lo voy a perder todo.

Me gustaría encogerme hasta desaparecer. ¿Y ahora qué hago?

Calculo que tengo unas doscientas mil lágrimas a punto de saltar de mis ojos. Ni siquiera la catarata de mi abuela va a poder competir con el tsunami que me sube por el cuerpo.

Y mamá sigue esperando abajo. ¿Qué hago?

Ojalá estuviera aquí el Dependiente de la Tienda de Cosas Prohibidas...

De pronto, cuando estoy a punto de rendirme, recuerdo aquella vez que me olvidé en clase la regla. ¡La señora de la limpieza la dejó en conserjería, en el rincón de los objetos perdidos!

¿Y si..., y si lo ha vuelto a hacer?

Si ella no ha abierto la mochila, no tiene por qué haber actuado de otro modo...

¿Por qué iba la señora de la limpieza a abrir la mochila de un niño de diez años con cuerpo de ocho y mente de catorce, que ni siquiera tiene cumpleaños?

El hecho de que no haya policía en el colegio es una buena señal.

¿Estará mi mochila en el rincón de los objetos perdidos?

Por favor-por favor-por favor-por favor...

Echo a correr, esta vez vuelo aún más vertiginosamente sobre las escaleras. Llego al pasillo de la planta baja, paso como un meteorito junto a mamá (que se queda con la boca abierta), efectúo un aterrizaje forzoso en la conserjería. Pego la cara sudorosa en el cristal de la ventanilla y veo con horror lo que está a punto de ocurrir: ¡el portero tiene entre sus manos mi mochila!

Sus dedos juegan con la cremallera, está claro que el señor se aburre y ha decidido cotillear. Maldita sea...

—¡Es mi mochila! —grito al asomarme.

No se me ha ocurrido nada mejor. Al menos he logrado que el conserje se detenga. He ganado unos segundos. Me mira.

—¿Seguro? —pregunta mientras comienza a descorrer lentamente la cremallera—. ¿Puedes demostrarlo?

Me va a dar un ataque, ¡continúa abriendo la mochila!

Entonces suena a mi espalda una voz firme que conozco bien:

—Seguro, señor González. Es la mochila de mi hijo. Por favor, entréguesela.

Mamá. Nunca la he querido tanto como ahora. Su aparición sí ha conseguido detener la curiosidad del portero, que a regañadientes vuelve a cerrar la cremallera y me tiende la mochila con ojos recelosos.

—Toma, ¡y no seas tan despistado!

—Sí, señor, gracias.

Recibo la bolsa como si me estuviera entregando mi propio corazón.

No soy capaz de describir la alegría que siento. ¡Mi secreto sigue a salvo!

El alivio me ha llenado los pulmones y suelto el aire con un suspiro largo, largo, largo.

Es entonces cuando me doy cuenta de que se trata de una sensación que puedo aprovechar.

–¡Tengo que ir al baño!

Y hasta allí que me voy sin esperar la respuesta de mamá. Necesito estar solo.

Una vez dentro, enciendo la Succionadora y me quito a mí mismo cuatro de estos minutos tan maravillosos. Cuatro minutos como balance del Día 40, así quedará registrado en el *cuaderno de robos de tiempo*.

Experimento la misma confusión que he visto en las caras de mis víctimas después de cada robo y, no sé por qué, a continuación siento el impulso de chupar el cristal de la ventana. ¿Habéis probado alguna vez el sabor del cristal sucio? No os lo recomiendo.

Al recuperarme de este arrebato salgo del baño, con la mochila a la espalda, para reencontrarme con mamá. A ver si me da ya la merienda, tengo que quitarme como sea este asqueroso sabor de boca.

DE GOLES Y CALVAS FURIOSAS

Esta tarde papá me ha traído al estadio para ver un partido de nuestro equipo. Es un partido importante. Está en juego el paso a la final del campeonato y las gradas rebosan de seguidores muy ruidosos.

De momento los dos equipos van empatados. Se nota la tensión entre los «aficionados», como dice la radio. Apenas quedan unos minutos para el final del encuentro y el equipo visitante ha estado a punto de marcar un gol decisivo que nos habría hundido.

Papá está muy callado, no pierde de vista el balón que rueda por el campo. Tiene los puños apretados y la boca abierta. Se inclina hacia delante y estira el cuello como un pato hambriento.

Si no estuviera conmigo, seguro que habría gritado alguna palabrota al árbitro.

A su lado, yo no atiendo al partido. Tengo abierta la mochila, entre mis piernas, y dentro brilla el piloto verde de la máquina. Sobresale un poco la boca aspiradora que apunta a la gente.

La Succionadora está preparada.

He colocado mi mano izquierda sobre ella, casi rozo el botón redondo que activará la máquina si llega la ocasión.

Ahora, a cruzar los dedos...

El árbitro anuncia que quedan cinco minutos de partido.

Empiezo a preocuparme.

¿De verdad no se va a producir la situación que yo esperaba? ¿No va a meter un gol nuestro equipo?

Tres minutos y medio.

Sin querer, golpeo con un pie mi lata de Coca-Cola que he dejado en el suelo. Se vuelca y el líquido se derrama hasta caer sobre la cabeza del espectador calvo que tengo en la fila de delante, que queda más abajo.

Oigo cómo burbujea la espuma sobre el cogote del señor y algunas risas próximas de alguien que acaba de ver el tropiezo. Al calvo le resbala la Coca-Cola por la nuca hasta su espalda. Seguro que la cabeza le ha quedado pringosa.

¡Vaya desastre! Se trata de un tipo enorme que se levanta muy furioso y ahora nos mira como si quisiera matarnos.

–¡Pero qué...! –grita, tocándose la calva.

—Disculpe —papá le ofrece un pañuelo de papel para que se seque—. Ha sido un accidente, lo sentimos mucho. ¿Verdad, Edu?

Los dos se me quedan mirando.

—Sí, lo..., lo siento mucho, señor. Ha sido sin querer.

El calvo tiene toda la camisa empapada, pero se va calmando.

Menos mal que aún no he empezado a robar tiempo. No quiero ni pensar en las consecuencias de emplear estos últimos minutos para recrear mi cumpleaños. Lo único que me faltaba en mi futura fiesta es que los invitados tengan que lamerse las cabezas para beber Coca-Cola.

Menú de mi cumpleaños: caca y «cabezas con refresco».

Todo un éxito de celebración.

Si lo que pretendo es conseguir un cumpleaños inolvidable, voy por el buen camino.

¿Imagináis lo que diría mi abuela al ver la fiesta? «Qué drama». Y con razón.

En el campo, uno de nuestros defensas intercepta ahora un ataque del equipo contrario y chuta el balón hacia el medio campo. Como por arte de magia, a mi alrededor todos se olvidan de lo que acaba de pasar y vuelven a atender al partido. El calvo se ha sentado.

Otro de nuestros jugadores logra controlar el pase y avanza unos metros antes de lanzarlo a un compañero que avanza por la banda derecha.

Quedan dos minutos.

El compañero del lateral calcula mal y pierde el balón

por culpa de un defensa adelantado del otro equipo, pero consigue recuperarlo de nuevo y dirige la pelota a nuestro delantero centro.

Un minuto.

El jugador echa a correr. Empieza a estar muy cerca de la portería enemiga. Regatea a un adversario y sigue ganando terreno. Lanza un pase a otro delantero que llega desde la banda.

Medio minuto. Los seguidores del equipo contrario gritan, silban, reclaman una falta que el árbitro no ha pitado.

Veinte segundos para el final del partido. ¡Qué nervios!

En nuestra zona todos aguardan sin respirar. No se oye ni una mosca, cientos de ojos clavados en el avance del delantero.

Uno de mis dedos acaricia el botón redondo de la Succionadora. ¡Venga, podéis ganar!

El árbitro se lleva el silbato a la boca.

Quedan diez segundos y nuestro delantero se enfrenta ahora a la salida del portero enemigo.

Se encuentran.

Nuestro delantero logra esquivarlo de un salto... y se queda solo.

¡Solo, se ha quedado solo delante de la portería!

Se dispone a chutar.

Cinco segundos.

Chuta.

El balón rueda sobre la hierba...

Tres segundos.

…Hasta meterse… ¡dentro de la portería! ¡Se ha estrellado contra la red!

Gol.

¡Gol!

¡Goooooooool!

En cuanto estalla la grada, pulso el botón y me dejo agarrar por papá, que se ha girado hacia mí y me abraza saltando.

¡Qué locura!

La gente llora, chilla, alza los brazos hacia el cielo, los abrazos continúan. ¡Hemos ganado! El calvo inmenso y pegajoso se vuelve y también nos abraza sin dejar de saltar.

En medio del griterío es imposible captar el zumbido de la máquina que les roba estos minutos.

Para cuando consigo soltarme de papá y del calvo, la Succionadora ya ha absorbido nueve minutos.

No está nada mal para el Día 50.

La calma vuelve al estadio. Ya pensaba que por esta vez no iba a ocurrir nada raro, pero la gente de mi grada se junta por parejas y todos comienzan a bailar. El hecho de ver a papá agarrando por la cintura al calvo pringoso, moviéndose ambos al ritmo de una música imaginaria (rodeados de las demás parejas), me traumatiza por segunda vez. ¡Esto es peor que la vomitona del cumpleaños de Fran! Menos mal que esta reacción al robo de tiempo solo dura veinte segundos.

UNA LLUVIA DE ESPEJOS DIMINUTOS

Día 80. Sigo robando. Nada calma mi apetito de minutos.

Soy un «adicto» (palabra nueva que he aprendido hoy: el que sufre dependencia a una sustancia o actividad).

Siempre estoy al acecho, atento a cualquier minuto que pueda servirme.

Incluso he llegado a quitar tiempo a los chicos de la plaza, porque a veces lo pasan muy bien jugando con el balón (después se limitaron a moverse a cuatro patas durante un rato).

Hay que estar muy desesperado para quitar ese tipo de minutos. Espero que no empañen mi futuro cumpleaños. Porque yo solo quiero minutos de primera calidad, que bastante tiempo dudoso he almacenado ya.

Mi día a día no es fácil. Me cuesta prestar atención

en casa y en el colegio porque siempre estoy pensando en nuevas estrategias para atrapar tiempo de felicidad. Mis notas han empeorado y los últimos amigos que me quedaban se han alejado de mí.

Lo peor es que, en el fondo, tampoco me importa.

Estoy solo. Solo con mi tiempo robado. Solo con mi Succionadora.

Y lo único que me preocupa es conseguir minutos.

Pero nunca es suficiente. Tengo que hacer un verdadero esfuerzo para no robar horas enteras y así terminar de una vez con esta labor tan agotadora. Solo me frena la certeza de que si lo hago me descubrirán y todo lo que he hecho hasta ahora no habrá servido para nada. (¿Para qué quiere un preso unos minutos extra en la cárcel? ¡Es como si te aumentaran la condena!).

No puedo arriesgarme a que me pillen. Es la única amenaza que frena mi hambre de minutos.

Quiero los mil cuatrocientos cuarenta minutos.

Ni uno menos. ¡Es lo justo!

La arena brillante cubre ya buena parte del depósito de la máquina. Disfruto de su peso como si fuera polvo de oro.

Me gustaría sentirla entre los dedos, provocar al separarlos una lluvia de espejos diminutos.

UNA VISITA INESPERADA

Poco a poco, semana a semana, alcanzo el Día 100. En Navidades fue muy fácil conseguir minutos felices, sobre todo el día de Reyes.

Llevo, de acuerdo con mis anotaciones en el *cuaderno de robos*, quinientos cuarenta minutos acumulados de felicidad disponible.

540 minutos / 60 = 9 horas

Nueve horas. Más de un tercio de día. ¡Ya queda menos para poder reconstruir mi cumpleaños completo!

Impresionante, aunque estoy demasiado agotado para celebrarlo.

Necesito descansar.

Ni un solo día he dejado de robar desde hace más de tres meses (bueno, uno, el del chivatazo contra Martín).

Y nadie me ha descubierto. Me he convertido en un experto ladrón de tiempo.

El Dependiente de la Tienda de Cosas Prohibidas estaría orgulloso de mí.

He aprendido a intuir los instantes buenos. Siempre ando listo para el atraco, activo la Succionadora en el momento exacto y con discreción. Desaparezco antes de que alguien pueda advertir lo sucedido, llevándome conmigo el tiempo de otros.

Nadie sospecha mi doble vida.

Para los demás sigo siendo un triste niño sin cumpleaños.

Sin embargo, papá y mamá vuelven a vigilarme. Incluso han llamado al médico porque estoy muy pálido y siempre cansado. El doctor me ha recetado vitaminas y un análisis de sangre por si tengo «anemia».

Tomo nota de esta nueva palabra para mi colección.

Anemia: trastorno que se caracteriza por la disminución de glóbulos rojos en la sangre.

Aunque yo sé que no se trata de eso. El hecho de robar minutos no me quita glóbulos rojos (aunque tampoco me los he contado, que conste).

Lo que pasa es que no duermo bien. Me siento incapaz de olvidar mi misión secreta. Pienso en ella, solo en ella, veinticuatro horas al día. Nunca sabes cuándo se va a producir la ocasión perfecta para un nuevo robo, como le dije a don Vinicius. Mi cabeza siempre está dando vueltas a eso. Cómo conseguir más minutos, dónde, de quién.

Soy un vampiro de tiempo.

La cosa es que mis eternos diez años están resultando demasiado intensos. Empiezan a faltarme las energías. Ya no leo, ni juego a la Play ni al fútbol.

La Succionadora –cuya batería sigo recargando cada pocos días– guarda el tiempo para mí, pero a cambio consume mis fuerzas. Se alimenta de mí.

A veces pienso que soy yo quien se queda atrapado en su depósito de cristal con cada robo. Y desde ahí veo cómo pasa el tiempo real, las vidas de los demás.

Minutos, minutos, minutos.

Estoy obsesionado; cada poco rato necesito comprobar el estado de la máquina, el espesor de la arena brillante acumulada, la cifra en rojo que marca la pantalla.

Siempre estoy revisando las cuentas anotadas en el *cuaderno de robos*.

Ningún médico me puede curar. Lo único que me hará recuperar la salud es reunir los mil cuatrocientos cuarenta minutos que necesito para recrear mi cumpleaños.

Solo entonces podré descansar y volveré a sentirme fuerte y libre.

Ya me queda menos, ¡no puedo dejarlo ahora!

Mamá me llama desde el salón. Por lo visto, tengo visita.

Vaya sorpresa.

¿Quién ha venido a molestarme? Solo me apetece estar tirado en la cama. Llego hasta el salón arrastrando los pies, con la mochila a la espalda. Suelto un gruñido.

–Es Laura –me dice mamá–. La han traído sus padres, qué amables.

Noto que se alegra de que alguien venga a verme. Hace mucho que nadie lo hace. Hace mucho que ni siquiera juego solo.

Yo me he quedado de piedra. No esperaba que Laura se atreviese a hacer algo así, después de lo que le dije. ¡Ha venido a mi propia casa!

No me miento: en el fondo me hace mucha ilusión que lo haya hecho. Solo mi orgullo impide que me ponga a dar saltos de alegría. Por muy vengativo que intente mostrarme, sigo queriéndola mucho.

–Hola –me dice ella desde el sofá, con timidez.

Está muy guapa, como siempre. Ha venido vestida con vaqueros, zapatillas moradas y un jersey muy gordo que debe de abrigar mucho.

Mamá se ha ido a la cocina. Mejor.

–¿Qué haces aquí? –le pregunto, manteniendo la seriedad que se espera del ofendido.

No le he devuelto el saludo. No sé por qué me sale así, tan antipático. No pretendía emplear ese tono seco.

–Tienes mal aspecto –me mira con sus ojos verdes.

Qué guapa es. Yo preferiría que fuera una traidora fea.

–Ya sé que tengo mal aspecto –le digo.

–Hace tiempo.

–¿Hace tiempo?

–Hace tiempo que tienes mal aspecto.

—Muchas gracias —de pronto empiezo a molestarme—. ¿Has venido para decirme eso?

—¿Pero qué te pasa conmigo? Somos amigos…

Por un momento siento una tremenda tentación de pedirle que se quede, que gracias por venir, que demos un paseo.

Un paseo sin la mochila. Sin la máquina Succionadora.

Ya casi no recuerdo lo que es moverse sin este peso a la espalda.

Un paseo en libertad. Con ella.

Lo pasábamos tan bien juntos…

Esta sensación es… ¡nostalgia! La he vuelto a reconocer. Siempre tiene que ver con recuerdos buenos. Y aparece cuando uno menos se lo espera. Como Laura.

Son los recuerdos buenos de lo que ya no puede volver a vivirse los que despiertan la «nostalgia».

Sí. Me apetece que caminemos juntos. Como antes. Y me apetece contarle lo que estoy haciendo, porque nada hay más bonito que compartir un secreto.

Hace tanto que no puedo confiar en nadie…

Y yo soy peor sin ella. Me acabo de dar cuenta. No entiendo nada: su ausencia me hace sentir más incompleto que la falta de cumpleaños.

A pesar de todo, lo que sale de mi boca es:

—No disimules, Laura. Sabes muy bien lo que pasa. Déjame en paz.

«Ella conserva su cumpleaños», susurra una voz ve-

nenosa dentro de mí. «Su familia es la que te lo quitó, la que te convirtió en un marginado. No eres como los demás. Y es por su culpa».

La mochila me pesa más que nunca, es como si la arena acumulada me impidiera seguir hablando, corregir mis palabras.

Ella se ha levantado del sofá. Su cara de tristeza se enfrenta a mi gesto tenso, siempre tenso.

¿Cuánto hace que no sonrío?

Laura no dice nada. Se da la vuelta hacia el pasillo y avisa a mamá para que llame a sus padres. Se va a ir y sé que no la detendré.

No voy a ser capaz.

Tengo la impresión de que toda la felicidad acumulada en la Succionadora no bastaría para alegrarme ahora.

Así de mal me siento.

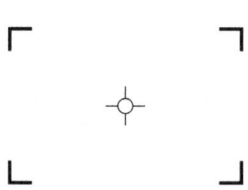

LA CADUCIDAD DE LA RISA

He decidido volver a la Tienda de Cosas Prohibidas para celebrar el Día 250, una fecha que ha estrenado página en mi *cuaderno de robos*.

A lo mejor la presencia de don Vinicius logra animarme. Solo con él puedo hablar de esta misión secreta que está devorándome.

Necesito hablar, desahogarme.

Qué soledad la del ladrón de minutos, sin más compañía que el tiempo quieto que acumula.

Don Vinicius también se alegra de verme. Está como siempre: con su traje oscuro, en su rincón, con su bigotito y sus ojos afilados.

–¿Cuántos minutos llevas ya, Niño Eterno? –me pregunta.

Yo saco la Succionadora de la mochila y la coloco so-

bre el mostrador. El Dependiente silba de admiración al comprobar el nivel de arena que marca el depósito.

–Llevo mil cien minutos, don Vinicius.

Pero ni siquiera tengo ganas de mostrarme orgulloso.

–Caramba. Son casi diecinueve horas…

–Robadas a lo largo de ocho meses –completo–. ¿Se conserva bien el tiempo en esta máquina, señor? No me gustaría que se estropearan las risas que he acumulado.

–Bueno –reconoce–, los minutos capturados pierden un poco de frescura si no se gastan en un plazo razonable.

–Vaya.

Creo que me he apagado un poquito.

–Los minutos robados –aclara él– son como las risas grabadas de las series de humor, ¿sabes?

No, no sé.

–¿Qué quiere decir?

–La risa es contagiosa. Sin embargo, las risas grabadas van poco a poco, con el uso, perdiendo la energía. Pasan a provocar esbozos de sonrisa hasta que finalmente se quedan vacías, huecas. Como cáscaras de risa. O como las risas falsas –añade–, que no tienen alegría. Entonces hay que cambiarlas por risas nuevas.

Un «esbozo» es un dibujo sin terminar, me aclara.

Yo pienso que un dibujo sin terminar, si luego no se acaba, es algo que da pena, es como una criatura que se queda a medio hacer. Por eso, «esbozo» me parece una palabra triste. Aun así la memorizo.

–Las risas acumuladas pierden energía hasta que hay

que cambiarlas... –repito–. ¿Como si hubieran caducado? ¿Las risas caducan?

–Podría decirse que sí. De hecho, hay hasta medidores de alegría de las risas grabadas.

Estoy cada vez más preocupado.

–Entonces este tiempo de felicidad que lleva meses en el depósito de la Succionadora...

Mi mirada ha aterrizado sobre la máquina.

–Calma, los minutos de alegría aguantan bien unos meses. La celebración de tu cumpleaños no corre peligro.

Respiro, más tranquilo. A estas alturas no quiero sustos.

Entonces él me mira con mucha atención.

–No necesito uno de esos medidores de alegría para adivinar que te encuentras mal.

Bajo la cabeza y también la voz.

–Yo... no imaginaba que robar tiempo fuera tan agotador. No puedo más, don Vinicius.

–Todo tiene un precio, Niño de Diez Años. Creía que estabas dispuesto a pagarlo.

Me siento cada vez más pequeñito.

–Sí, pero... me están fallando las fuerzas –respondo–. Calculé mal.

Tras el mostrador, los ojos de don Vinicius siguen sumergidos en mí. Noto el cosquilleo de sus pupilas abriéndose paso.

–¿Quieres abandonar? –pregunta, con suavidad–. Devuélveme la máquina ahora mismo y olvídate de todo...

Vuelve al refugio de tus diez años perpetuos antes de que sea demasiado tarde. No te ofrecí la máquina para verte triste.

Señala a mi espalda la puerta de la tienda. La libertad.

El Dependiente me está invitando a separarme de la máquina.

Sí. Podría hacerlo. Y recuperar así la paz de los días sin prisa, los días sin cuenta atrás. Los días sin secretos.

Noches de sueño profundo, de descanso.

Días sin mochila a la espalda.

−Yo...

Contemplo la Succionadora, que permanece sobre el mostrador. La arena brillante me sigue lanzando guiños desde el depósito de cristal.

Llevo casi diecinueve horas acumuladas. Me queda tan poco...

−Continuaré −digo por fin a don Vinicius−. Estoy a punto de conseguirlo. No puedo rendirme ahora.

Mi voz ha recuperado firmeza. Y mi mochila, por desgracia, el peso inconfundible de la máquina.

LA FELICIDAD DE LAS HORTALIZAS

Estoy muy preocupado. Mucho. Cada vez es más difícil conseguir tiempo de felicidad. En mi *cuaderno de robos* ha aumentado el número de días que no suman minutos.

Lo intento todo, pero no hay manera.

Dos veces han estado a punto de descubrirme, además. Me ha ido por muy poco.

Y mi plazo se acaba. Disponía de trescientos cincuenta y siete días cuando don Vinicius me entregó la Succionadora y hoy es el día número trescientos treinta y seis.

Estamos en septiembre, faltan veintiún jornadas para alcanzar la antigua fecha de mi cumpleaños. (Por cierto, al final he pasado de curso a pesar de mi edad permanente; algo es algo).

Quedan tres semanas y la gente está muy seria. En la tele solo pasan cosas malas y mi hermana Nuria vuelve a

tener problemas en el cole. Papá también ha discutido en el trabajo y mamá no deja de preocuparse por mí.

Vaya panorama.

Así no hay manera de encontrar alegría.

Y encima papá y mamá me vigilan tanto que he desperdiciado varias ocasiones de robo.

Esto se está poniendo muy, muy difícil.

¡Ahora que me encuentro tan cerca del final, de lograr mi día completo, todo se complica!

El depósito de cristal de la máquina está casi lleno. La pantalla marca en rojo mil trescientos cincuenta minutos.

Me quedan por robar noventa.

De repente me parecen demasiados. Por primera vez tengo miedo de no conseguir mi objetivo.

En casa estoy de peor humor que nunca, duermo fatal y en clase no me entero de nada. Mi aspecto empeora semana a semana: he adelgazado, tengo los ojos hundidos y una palidez de enfermo. Voy directo hacia el desastre si no termina esta pesadilla pronto.

Continúo, no hay vuelta atrás. La celebración de mi cumpleaños es vital para mí. Hay en juego mucho más que el seis de octubre. ¡Debo recuperar mi vida anterior!

Hoy estoy ayudando a mi abuela a regar la huerta que mi familia tiene a las afueras de la ciudad. Me he ofrecido a ir con ella para ver si allí encontraba algún rato feliz que robar.

¿Os dais cuenta de lo desesperado que hay que estar para buscar felicidad en una huerta? ¡En una huerta regada por mi abuela!

Y entonces se me ha ocurrido una idea:

—¡Abuela! —pregunto—. ¿Las plantas pueden ser felices?

—Por supuesto —ella ha detenido el riego y me mira con sus ojos de catarata—. Igual que somos capaces de reconocer la alegría de una persona, de la misma manera podemos sentir, por ejemplo, cuándo un tomate está a punto de reventar de felicidad.

Mi abuela señala un tomate muy gordo.

—Parece que tiene los mofletes hinchados porque está aguantándose una carcajada —me dice, muy convencida—, seguro. Y también por eso se pone tan rojo. Las plantas y las frutas en general tienen sus momentos de felicidad y de desánimo, ¿qué te creías? No hay más que verlas. Por eso hay que cuidarlas bien y darles cariño.

Yo no estoy tan seguro de eso, pero voy a hacer la prueba.

¡Necesito minutos de felicidad!

Hacía mucho que no oía a mi abuela hablar tanto. Ahora ella se ha agachado para regar otra zona de la huerta donde sobresalen unos matojos verdes, así que no lo pienso más y aprovecho la situación.

Saco la máquina de mi mochila, presiono el botón de *power* y oriento la boca aspiradora hacia los tomates más imponentes.

En cuanto la luz verde se enciende, inicio la succión de minutos. Robo solo tres, pues tengo serias dudas de que el tiempo de las plantas aporte grandes momentos a un cumpleaños humano (seguro que al menos son mejores que los momentos que aporta la caca de bebé o una «calva-cola»).

Algo es algo y este día no promete mucho más. Me niego a escribir otro cero en el *cuaderno de robos.* Tengo que volver a casa con algún minuto nuevo en el depósito.

Me agacho para fijarme en los tomates a los que acabo de robar tiempo. Para mi sorpresa, observo en ellos un cambio muy visible: se han quedado como pensativos y mustios.

«Mustio» es lo que me llamó papá hace unos días cuando me vio recién levantado. Significa triste, desanimado.

«Mustio», «usurero»... Papá debe de tener escondida una colección de palabras feas que últimamente solo emplea conmigo.

De pronto, uno de los tomates suelta un chorro de pulpa que me alcanza directamente en la cara. ¡Puaj! ¡Ya empezamos con las conductas raras! ¡Ese tomate me ha escupido!

La cara me chorrea de líquido rojo, tengo toda la camiseta manchada y me escuecen los ojos. ¡Parezco un zombi! Justo en este momento mi abuela se vuelve hacia mí y lanza un grito antes de desmayarse sobre las plantas.

Lo que me faltaba.

Ha debido de pensar que estoy cubierto de sangre. Y eso que aún no ha visto estos tomates tan pachuchos (y tan agresivos).

Me pregunto qué voy a decirle cuando despierte.

Adivino su comentario: «Vaya drama».

EL PESO DEL TIEMPO

Día 343. Quedan dos semanas para que llegue la medianoche del cinco de octubre.

¡Todavía necesito robar cincuenta minutos y no encuentro felicidad por ninguna parte! Ni en casa, ni en la calle, ni en el cole.

No entiendo por qué la gente sonríe tan poco. Yo, en mi labor de vigilancia, veo un montón de momentos dignos de alegría. Desgraciadamente la gente no se da cuenta.

Me encantaría poder pedir ayuda a la gente, mendigar sonrisas. Pero si lo hago acabaré en la cárcel.

Además, no serían sonrisas auténticas.

Ahora estoy en el patio del colegio, sentado en un bordillo, atento como un halcón a cualquier muestra de alegría que detecte en mis dominios.

Entonces mis ojos se cruzan con las pupilas verdes de Laura.

Ella, junto a sus amigas, me observa desde el otro extremo del patio. ¿Por qué no me mira mal después de cómo me he portado? Yo preferiría que lo hiciera, así me sentiría menos culpable.

Porque me siento culpable. Cada vez estoy menos seguro de que Laura tenga alguna responsabilidad en lo que me ha ocurrido.

Aun así ella no me insulta, ni siquiera me ignora.

No. No hace nada de eso. Se limita a mirarme con pena. Reconozco ese gesto suyo, ya lo viví cuando, hace un año, atropellaron a su perra Pipa. Preparamos su funeral en el jardín, dijimos unas palabras en su honor y estuvimos llorando juntos tres días. Incluso llegamos a vestirnos de negro toda la semana para guardar luto.

Sí, conozco esa mirada. El semblante triste de Laura lo dice todo: aún está dispuesta a perdonarme, a volver a contar conmigo.

Yo también quiero contar con ella. Necesito su compañía.

Nunca me he sentido tan solo.

Bastaría un gesto mío, Laura lo está esperando.

Ella responderá. Lo noto. Y yo quiero intentarlo.

Pero no puedo. Intento levantarme para ir hacia Laura, pero la mochila parece anclarme al suelo. Nunca imaginé que el tiempo pesara. Y pesa. Pesa mucho, sobre todo, el tiempo pendiente de vivir.

La Succionadora acumula tiempo feliz, pero es tiempo muerto porque no se ha disfrutado. Esta máquina me lastra como las bolas de hierro de los presos. La voy arrastrando, y cada día pesa más.

Me siento encadenado al tiempo que robé. Soy víctima de mi propio botín, como los ladrones de tumbas que sufrieron la maldición de las pirámides de Egipto.

Necesito liberar esta felicidad cautiva.

¿Aguantaré así dos semanas más?

EL NIÑO TRISTE

Día 350. Casi no me creo haber llegado tan lejos.

Sigo vivo.

Mil cuatrocientos minutos acumulados.

Queda una semana de margen.

¡Mi cumpleaños está ahí mismo, a siete días de distancia! Y a cuarenta minutos felices de ser una realidad.

Puedo lograrlo. Solo necesito cuarenta minutos más.

He vuelto a la Tienda de Cosas Prohibidas, necesitaba la complicidad de don Vinicius.

Es la única persona con la que puedo hablar de mi secreto.

–Ya no siento ni nostalgia –me quejo al Dependiente–. Y antes me ocurría. Me he convertido en una máquina (pequeña, claro) de calcular y vigilar.

Me gustaba la nostalgia, ese cosquilleo al recordar momentos buenos.

Don Vinicius asiente.

—¿No sientes nostalgia? Ese mismo daño has provocado con tus robos a los demás —dice—. Es lógico que tú también lo sufras. Recuerda que el privilegio de poseer el tiempo acarrea consecuencias.

Al principio me quedo callado.

—¿Que yo he provocado ese daño? —repito, sin comprender.

Don Vinicius me revuelve el pelo.

—¡Ah, la inocencia de los niños! ¿Qué crees que has estado haciendo al robar minutos de felicidad? Has privado a tus víctimas de parte de sus recuerdos felices. En el futuro tampoco ellos los podrán rescatar de su memoria.

Así que también les he quitado «nostalgia». Pues vaya. Y yo que pensaba que la compañía de don Vinicius me iba a ayudar a recuperar energías. Sus palabras me hunden aún más.

—No…, no pensé que el precio de poseer el tiempo fuera tan alto.

—Lo que ocurre es que no te importó —me corrige—. Nada te parecía tan importante como reconstruir tu cumpleaños. Era tal tu convicción que me atreví a mostrarte la Succionadora de Tiempo. Ahora no sé si fue una buena idea.

Yo tampoco lo sé. Aunque la posibilidad de volver a

celebrar mi cumpleaños me sigue obsesionando. ¡Si lo consigo, va a ser algo espectacular!

Y eso es lo que cuenta, ¿no?

Todo el sacrificio de estos meses habrá merecido la pena. ¡Todo! Estoy seguro. Y mis víctimas volverán a tener buenos recuerdos, no es tan grave lo que he provocado.

Pienso que solo estoy sufriendo un momento de bajón. Se me pasará.

–El problema está en lo difícil que es conseguir minutos de felicidad –me justifico–. ¡Hay mucha gente que vive amargada y no entiendo por qué!

Don Vinicius no se deja convencer por mis palabras:

–¿Te has fijado en que lo más fácil habría sido robarte tiempo a ti mismo? Antes eras un niño feliz, lo noté cuando te conocí. Sobraban minutos de alegría en tu vida.

–Antes yo tenía cumpleaños –me defiendo.

Mi respuesta ha sonado feroz.

–Cuando viniste a mi tienda no, Niño Eterno. Ya habían eliminado el seis de octubre de los calendarios. Y tú, a pesar de todo, eras una persona mucho menos sombría que ahora. Estabas molesto, resentido, pero no arrastrabas tu alma como haces ahora. Todavía eras capaz de sonreír.

Yo no sé qué responder a eso, porque es cierto. No soy el mismo. Apenas he podido robarme a mí mismo algún minuto de felicidad, me he vuelto un niño triste.

Tengo la impresión de que por recuperar un día he sacrificado cientos. ¡Vaya negocio!

Me voy de la Tienda enfadado con don Vinicius. ¿A qué viene esa acusación a estas alturas? ¡Ya es tarde para eso! Todo se solucionará cuando logre celebrar mi cumpleaños, me digo. ¡Entonces volveré a ser el que era! Son los nervios los que me están haciendo vacilar.

Lo único que preciso es obtener cuarenta minutos de felicidad más.

Dos mil cuatrocientos segundos.

Antes de una semana…

En casa, la agenda prohibida, que guardo en un cajón, me recuerda lo maravilloso que era tener un seis de octubre.

No he podido olvidarlo durante estos meses.

Justo cuando me queda tan poco, quiero recuperar mi vida de antes. Yo era feliz, aunque no me diera cuenta.

Mi vida ahora no me gusta. Mi misión secreta ha perdido gracia, lo contamina todo a mi alrededor.

Me veo arrastrado por ella.

Estoy siempre serio. ¡Yo antes no era así!

Mi abuela me ha mirado hoy y ha dicho: «Qué drama».

Eso es muy mala señal.

Mientras tanto, mi cansancio va en aumento. Me cuesta cada vez más levantarme por las mañanas.

Las vitaminas que me recetó el médico no han servido para nada. Ya lo suponía. (Ahora lo que quieren es que vaya al psicólogo).

A VEINTE MINUTOS DE DISTANCIA

Día 354.

Veinte minutos más y reuniré, por fin, los mil cuatrocientos cuarenta con los que llevo soñando tantos meses.

Lo único que me hace falta son veinte minutos felices y volveré a tener cumpleaños. Un cumpleaños completo, digno. Y una nueva edad.

Necesito veinte.

Mil doscientos segundos.

Y para ello cuento todavía con tres días de caza.

Ahora sí que estoy ahí mismo, ¡veo la meta! La rozo con los dedos.

Lo voy a lograr.

Nada ni nadie va a poder impedirlo.

Qué nervios. Llevo dos noches sin dormir pensando en cómo organizaré la celebración de mi cumpleaños.

¡Veinticuatro horas de felicidad a mi disposición es mucha responsabilidad!

A pesar de todo, va a ser el mejor cumpleaños del mundo. *Tiene que serlo.*

Para demostrarme que mi situación no es tan grave, decido dar un paso fundamental: hoy, en el cole, me voy a reconciliar con Laura.

Ella se lo merece y yo lo necesito. Así podré, además, invitarla a mi cumple. Quiero que venga. Entonces todo será perfecto.

La busco por los pasillos, me asomo a su clase. Prefiero darme prisa por si acaso empieza a fallarme la seguridad. No quiero arrepentirme.

Pero no la encuentro.

¿Dónde se ha metido? ¿En el baño?

Pregunto a su grupo de amigas.

–Hoy no ha venido a clase –me contesta una de ellas, sin hacerme mucho caso.

No me lo puedo creer. Ahora que me decido a pedir disculpas a Laura, es ella la que no está.

Pero nada va a detenerme.

Este año volverá a existir el seis de octubre. Y yo, como los demás, celebraré mi cumpleaños. Un cumpleaños que nadie olvidará jamás.

EL PUNTO SIN RETORNO

Día 355.

Ayer no conseguí hablar con Laura, pero logré robar cinco minutos en el centro comercial. Acompañaba a mamá de tiendas y entonces vimos cómo un padre encontraba a su hijo pequeño, que se había perdido. Vaya sofoco llevaban los dos. Noté su felicidad en el abrazo que se dieron. ¡Lo que daría por que mi celebración recogiera esa sensación tan luminosa!

Me las arreglé para activar la máquina sin sacarla de la mochila y les quité varios de esos minutos de alivio, mientras mamá miraba un escaparate. A pesar de mi aspecto débil y paliducho, me he vuelto muy ágil, como un fotógrafo de guerra que capta el instante perfecto. Solo que yo lo guardo en un depósito de cristal y me lo llevo.

Les robé cinco minutos (y no detecté reacciones demasiado extrañas, aunque un señor que estaba a su lado se puso a subir las escaleras mecánicas en dirección contraria).

Ellos perdieron calidez, mamá ni se enteró. Y yo sentí, por primera vez, remordimientos.

Después de lo que debían de haber sufrido buscándose, el papá y su hijo se merecían cada segundo de aquella alegría que yo me llevaba en secreto.

Soy un ladrón. ¿De qué me sorprendo, a estas alturas?

¿Qué me pasa?

¿Cuándo me ha importado que la felicidad que quito no sea mía?

Empieza a no compensarme esta labor.

Estoy harto. Tengo la sospecha de que robar felicidad a los demás quizá no me haga feliz a mí.

No me está haciendo feliz.

Y ahora que se aproxima el momento de comprobar el resultado de mi plan, tengo miedo.

Miedo de haberme equivocado.

Mi única esperanza es el nacimiento del seis de octubre. Estamos a dos días de esa fecha, no puedo titubear ahora. Ya no. Como dirían en una peli de acción, he cruzado el «punto sin retorno».

Me quedan dos días para conseguir los últimos quince minutos. Y tendré, por fin, mi cumpleaños completo. Debo centrarme en eso.

¡Entonces todo habrá terminado y estos pensamien-

tos tan raros desaparecerán! Volveré a ser el de siempre y nada de esto tendrá importancia.

Jugaré de nuevo con Laura.

Seré libre.

Los compañeros me admirarán, querrán estar conmigo, me buscarán. Y yo brillaré como brilla ahora la arena acumulada en la máquina.

Mientras voy de la mano con mamá por la calle, presto atención a todo lo que me rodea. He aprendido a apreciar las existencias que se ocultan detrás del tiempo: las personas ancianas, que acumulan tantos recuerdos; los insectos, cuyas vidas se miden en minutos y horas; las flores y esos árboles de troncos enormes cuyos anillos hablan de siglos.

Todo gira en torno al tiempo.

Quince minutos.

Yo solo quiero quince minutos más de felicidad.

Y encontrarme con los ojos verdes de Laura.

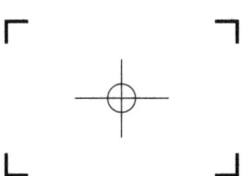

LA INQUIETANTE AUSENCIA DE LAURA

Día 356.

Estamos a cinco de octubre.

Hace casi un año que don Vinicius me ofreció la Succionadora. A mí me parece que ha pasado un siglo desde entonces. O dos.

Creo que tengo los diez años más viejos del mundo (algo que ocurrirá de todas formas, si no consigo cumplir una nueva edad). Estoy más cansado incluso que mi abuela, que yo creo que nació cansada.

Trescientos cincuenta y seis días de lucha diaria, de robos y estrategias. De sustos y éxitos.

El depósito de arena brillante está casi lleno.

El plazo termina hoy a medianoche. Cada vez que lo pienso se me hace un nudo en el estómago y me entran muchas ganas de ir al baño.

Once años. Cumpliré once años. Qué bien suena.

Aunque todavía me quedan quince minutos por robar. Durante las próximas horas me lo juego todo. Mi triunfo depende de unos simples minutos de alegría enlatada.

Si hace falta, robaré otra vez tiempo vegetal. Ya tengo localizadas en un jardín unas frutas que parecen muy felices. Será mi último recurso.

Aún puede pasar cualquier cosa. Estoy al borde del abismo.

A pesar de eso, he vuelto a buscar a Laura. Sin encontrarla.

Por un momento me olvido de la mochila que llevo a la espalda y de nuevo me dirijo a sus amigas, que parecen muy serias en un rincón del patio.

–¿Y Laura? –les pregunto.

Ellas se miran entre sí. Cuchichean.

–¿No te has enterado? –me dice la más alta, que se llama Teresa.

Es morena, de cara redonda y lleva unos pendientes de plata muy graciosos con forma de corazón.

–¿De qué?

–No te has enterado –confirma otra de ellas, Inés, a la que llaman «la china» porque siempre tiene los ojos medio cerrados.

Vuelven a murmurar. La tercera es una niña más rellenita que canta en el coro. Tiene una voz preciosa, se cubre el pelo y baila genial. Se llama Zuleima y es de Marruecos.

Yo me harto de tanto secretito. Sé que junto a Laura no será un problema encontrar minutos de alegría. ¡Solo de pensar en reunirme con ella me siento mucho mejor de lo que me he sentido en meses!

Necesito recuperarla.

–¿Me lo vais a decir o no? –me quejo.

–¿Y desde cuándo te interesas por Laura? –dice Zuleima–. Hace mucho que pasas de ella.

–Por favor.

Mi tono es de súplica.

–Un poco tarde, ¿no? –Teresa habla con resentimiento.

No entiendo ese comentario, aunque me suena mal. Entonces me doy cuenta de que el ambiente en el colegio es distinto. A nuestro alrededor hay más silencio, menos juegos. Muchos chicos hablan en corros, los profesores muestran caras de preocupación. Teresa ha comenzado a llorar.

Algo raro pasa. Algo raro que tiene que ver con Laura.

–Laura está enferma –dice al fin Inés, con sus ojos rasgados.

«Enferma». Conozco el significado de esa palabra.

Enfermedad: alteración más o menos grave de la salud.

Mi cara cambia de color. Ha pasado del blanco paliducho al blanco fantasma.

–¿Enferma? –repito–. Pero ¿qué le pasa?

Espero que se trate solo de un resfriado, de un poco de fiebre, de la gripe.

–Se está muriendo, Edu –Teresa me lo suelta con la violencia de una pedrada–. No volverá al colegio.

Ella no me lo ha querido poner fácil y yo tampoco acierto a reaccionar.

¿Cómo se reacciona a una noticia así?

Teresa me está diciendo que no volveré a verla. Es su forma de castigarme por lo mal que me he portado con su amiga. Habla desde el rencor.

Ellas se abrazan y yo me quedo quieto como un poste.

Me niego a creerlo. Hace tan solo unos días Laura tenía tan buen aspecto..., sus ojos verdes estaban llenos de vida. Me esperaba.

Ella me iba a perdonar.

–¡Es mentira! –grito con mi voz de pito–. ¡No tiene gracia, decidme dónde está!

Laura sí conserva su cumpleaños, por eso debe aprovecharlo y cumplir muchas edades nuevas. No puede morirse con diez años. Ella no.

Es imposible. Además, tiene que acudir al mejor cumpleaños de la Historia: ¡el mío!

–¡Laura! ¡Laura! –la estoy llamando en el patio y la gente se vuelve a mirarme.

Ella no sería capaz de gastarme una broma tan pesada.

Yo doy vueltas, oriento mis gritos hacia todos los rincones. Pero nadie responde. Laura sigue sin aparecer.

–Ha sufrido un ataque de una enfermedad muy rara –Teresa me habla ahora sin rabia–. De verdad, Edu.

¿Cómo es que no te has enterado? Todo el mundo habla de eso...

No me he enterado porque llevo meses luchando en mi propia guerra. No me he enterado porque soy el niño más idiota del mundo.

–¿Tan grave…, tan grave es esa enfermedad? –pregunto, lleno de miedo.

–El problema es que la única medicina que podría curarla está en el extranjero. Hoy han localizado el laboratorio que la tiene, pero tardará un día entero en prepararla y enviarla.

–¡Entonces se pondrá bien!

–Por lo visto, la medicina no llegará a tiempo –Zuleima se echa a llorar–. Los médicos dicen que Laura no superará esta noche.

Mi palidez aumenta. No consigo pensar.

Echo a correr. Me alejo de todo, de todos. Abandono el colegio sin despedirme de nadie ni dar tiempo a que el conserje me detenga.

Huyo sin rumbo.

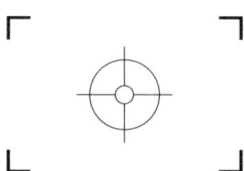

PAÑUELOS ABSORBENTES Y LA GRAN PIRÁMIDE DE KEOPS

Don Vinicius me tiende un pañuelo de papel desde su lado del mostrador para que me seque las lágrimas. La fuga me ha conducido hasta la Tienda.

–Lo…, lo siento –digo entre hipidos–. No sabía adónde acudir.

La nariz me gotea. Tengo frío, aunque es un frío que no tiene que ver con la temperatura. Es el frío del dolor, que cala como la humedad. Hasta los huesos.

–No te disculpes –la voz cavernosa del Dependiente me envuelve–, has hecho bien.

Don Vinicius me observa. Le he contado quién es Laura y lo que ocurre con ella.

–Te has portado mal con esa muchacha, Niño Eterno

—me dice—. Laura no tenía ninguna culpa de la eliminación del seis de octubre. Has sido injusto.

Yo tengo la mirada clavada en el suelo. Me arrepiento tanto...

—Lo sé —reconozco—. Por eso quería verla. Para pedirle perdón.

—Has tardado mucho en decidirte a hacerlo.

He tardado demasiado. Ahora lo sé.

—Los robos no me han dejado tiempo para nada... No me daba cuenta de lo que sucedía. Hace meses que solo veo minutos, que solo pienso en minutos.

He llegado al límite. Estoy a punto de rendirme.

—Solo veías lo que querías ver —el Dependiente se alisa el bigotito—. Qué paradoja, el robo de minutos te ha quitado más tiempo a ti que a tus víctimas, en realidad.

Podría preguntar qué significa «paradoja», pero no tengo ganas de aprender palabras nuevas.

Un espejo de la Tienda me devuelve la imagen de mis ojos hundidos con su cerco gris. Descubro en el reflejo la cara de un niño que se siente desgraciado.

Soy yo, sí. En eso me he convertido: soy un ser triste que acumula tiempo feliz de los demás. Un niño viejo.

—Ya no sé quién soy, don Vinicius —confieso—. No me reconozco. ¡Y ni siquiera voy a poder salvarme celebrando mi cumpleaños completo! Aún me faltan quince minutos de felicidad por conseguir y me he quedado sin fuerzas. ¡Es imposible que pueda robarlos antes de esta medianoche!

Todo es un desastre.

He vuelto la cabeza hacia la calle. Me avergüenza sentir de pronto cierta urgencia: sin darme cuenta me he puesto a buscar minutos de felicidad, vuelvo a estar atento a los instantes que me rodean.

No tengo remedio.

Ni la enfermedad de Laura es capaz de frenar mi impulso. Me queda tan poco para lograr escapar a mis diez años... La pena por mi amiga se alterna con la impaciencia dentro de mí. Es como si los dos sentimientos lucharan entre sí en el interior de mi cabeza.

¡Voy a explotar!

—Son las once de la mañana —me comunica Don Vinicius—. Todavía dispones de trece horas para obtener esos minutos que te faltan, Niño Eterno. Puedes conseguirlo.

En el fondo, lo sé. Llevo tanto tiempo obsesionado con mi misión secreta que los latidos de mi corazón parecen el vaivén de un segundero.

Debo tomar una decisión. Ya.

En esta Tienda de Cosas Prohibidas no voy a encontrar lo que busco, aquí no se ofrecen minutos de alegría. La Ley permite ser feliz y esta es una tienda de objetos prohibidos.

Sí, la felicidad está permitida aunque la gente no lo aproveche. Las personas sonríen poco. Yo no sonrío nada.

—Pero ¿por qué tiene que morirse Laura? —me quejo—. Quería celebrar con ella mi nuevo cumpleaños, que volviéramos a ser amigos...

Sin Laura no será lo mismo. Con su ausencia mi fiesta perderá brillo. Al menos para mí. Los minutos acumulados de alegría no bastarán para engañarme.

Me doy cuenta de que no estoy dispuesto a perder a mi amiga. Y menos ahora.

—Todo no se puede tener, Niño —responde don Vinicius—. Recuerda que en la vida hay que elegir.

No veo la elección por ninguna parte.

—Consiga o no los minutos que me faltan, Laura va a morirse.

Los dedos del Dependiente repiquetean sobre el mostrador.

—¿Y ese hecho es lo que te hace dudar sobre si continuar con tu misión secreta?

—No, pero...

—¿Vas a tirar la toalla justo ahora, cuando estás a punto de conseguirlo? —sus pupilas me atraviesan—. ¿Y todo ese esfuerzo que has invertido? Se convertirá en algo inútil...

—No me quedan energías —digo—. Y Laura tampoco vendrá a mi celebración de cumpleaños, de todos modos. Estará... muerta.

Muerta.

—Lamento tu dolor —don Vinicius se encoge de hombros—. Es una tragedia, sí. Pero lo importante es que si logras reunir los mil cuatrocientos cuarenta minutos te librarás de los diez años perpetuos, ¿no? ¡Cumplirás los once! Habrás superado esa condena que te trajo aquí... ¡Habrás vencido a tu destino!

Ya no sé si ese triunfo tiene sentido para mí. ¿De qué me sirve cumplir nuevas edades si seguiré estando triste?

Cumplir los once no salvará a Laura. Ella nunca podrá cumplirlos y yo continuaré siendo el niño que la abandonó durante sus últimos meses de vida. El niño egoísta que la despreció cuando más me necesitaba.

Cumplir una nueva edad no me salvará a mí tampoco. He estado mintiéndome.

Levanto la cara y me enfrento a la mirada directa del Dependiente:

–¿Me está poniendo a prueba? –le pregunto.

Don Vinicius lo niega.

–Me equivoqué –reconoce–. Quise hacer justicia, ayudarte. Pero fue un error. Nadie está preparado para manipular el tiempo. Es demasiado peligroso. La Succionadora no debe volver a salir a la luz.

–Usted no se equivocó. La culpa es mía. No he sabido manejar la máquina, la misión secreta me ha superado.

Me siento más niño que nunca.

Don Vinicius se queda callado mientras se alisa los extremos de su bigotito. Entonces sale del mostrador. Es la segunda vez que lo veo fuera de su refugio. La Tienda es tan pequeña que ya está junto a mí. Se agacha y me coloca las manos sobre los hombros.

–Fui yo quien te sugirió que hicieras un mal uso de la Succionadora –susurra–. Yo te tenté.

–¿Un mal uso?

Él asiente. Sus ojos han adoptado un aire ausente. Se levanta y mira la calle a través del escaparate.

–Es malo guardarse la felicidad para uno –comienza–. La alegría hay que compartirla, tiene que pasar de mano en mano, estar en constante circulación, como una «patata caliente». Lo natural es reflejar la alegría que nos llega de otros, no secarla y guardarla. Todos somos espejos de la alegría, de manera que una risa escuchada en la península de Kamchatka teóricamente puede terminar alcanzando el cabo de Finisterre. Así es como funcionan las cosas.

Entiendo bien lo que quiere decir. Por eso la arena acumulada en la Succionadora cada vez me pesa más.

Qué ciego he estado.

–Yo no tenía derecho a robar esos minutos felices –digo, con la voz rota–. Pero lo hice sin mala intención, de verdad. Solo quería tener el mejor cumpleaños del mundo...

Estoy llorando. Don Vinicius me tiende un nuevo pañuelo que absorbe mis lágrimas al instante.

–Es un modelo de pañuelo prohibido –me explica–. Su capacidad de absorción es tal que hace unos años cayó uno a un lago y lo secó por completo en pocas horas. Impresionante. Por eso se prohibió. Imagina si llegan a coger aquel pañuelo y les da por escurrirlo... ¡Ni las cataratas del Niágara!

Don Vinicius logra que yo sonría (y eso, en estas circunstancias, tiene mucho mérito). Entonces me cuenta una pequeña historia:

¿Sabes? La gente se enfadó mucho hace algún tiempo porque un muchacho chino hizo una inscripción en la Gran Pirámide de Keops que decía «Wang Siang estuvo aquí». Pero no deberían escandalizarse tanto, porque al fin y al cabo el adolescente chino hizo exactamente lo mismo que el gran faraón: la pirámide no es otra cosa que una gigantesca inscripción sobre la faz de la Tierra que dice: «Keops estuvo aquí». Una inscripción que se ve desde la Luna.

Sin embargo, cuando uno está ya cerca del final de la vida, se da cuenta de que lo importante es otra cosa; de que la huella que hay que dejar no es de piedra ni tiene peso. Tampoco depende de las fiestas que uno haya celebrado o de la edad cumplida. No. Cuando uno ya siente la sombra de la muerte, vuelve la vista atrás, mira a su alrededor, y sabe que la más importante de las preguntas es: «¿A cuántas personas he hecho felices?».

Hay niños que murieron con tres años y que fueron mucho más importantes para el mundo, por su alegría, que viejos que solo se van a la tumba después de noventa años repartiendo amargura. Hay niños que murieron con tres años y que fueron más importantes para el mundo, por su alegría, que el gran faraón Keops.

Me impresiona lo que cuenta don Vinicius. Le escucho con la boca abierta. ¿Así funciona el mundo de los mayores?

Ahora el Dependiente mira su reloj.

–Es mediodía –anuncia, dando por finalizada su lección sobre la vida–. Quedan doce horas para que termine el plazo del que dispones para reconstruir tu cumpleaños, Niño Perpetuo. Momento de tomar una decisión: ¿irás a la caza de esos últimos minutos que necesitas?

Silencio.

Toca regresar a mi propia guerra, no puedo retrasarlo más. La Tienda de Cosas Prohibidas ha sido un oasis durante un rato. Pero no puedo cobijarme aquí. La vida aguarda fuera.

¿Qué debo hacer?

Si logro capturar esos quince minutos pendientes, al menos tendrá sentido todo mi esfuerzo durante estos meses. Recuperaré el respeto de mis compañeros, cumpliré once años.

Sin embargo, nada de todo eso me hace ahora ilusión, porque nada de todo eso devolverá la vida a Laura. Así de sencillo.

¿De qué me sirve una nueva edad si no puedo aprovecharla jugando con ella, riendo con ella, discutiendo con ella?

Y entonces tengo una idea.

La Idea.

Mis ojos recuperan súbitamente su firmeza. Mis lágrimas se evaporan. Me siento bien, más seguro. Es como si el cuello me sostuviera mejor la cabeza.

Miro al Dependiente sin pestañear:

–Don Vinicius –comienzo mientras le devuelvo el

pañuelo prohibido–, no pienso entregarle la máquina todavía. Agotaré el plazo.

Él me estudia con detenimiento, intentando adivinar qué pasa por mi mente. Le intriga este repentino cambio.

–Entonces, ¿no te rindes? ¿Vas a luchar por esos quince minutos que te faltan?

–Voy a luchar hasta el final para recuperar lo que tenía –contesto, sin dar más explicaciones.

Mola mucho eso de ser «enigmático».

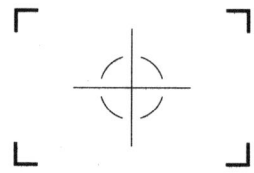

CASAS QUE LLORAN

Salgo de la Tienda de Cosas Prohibidas y echo a correr. Mis manos aprietan con fuerza las correas de la mochila.

Incluso la Succionadora me parece más ligera. Ya no tengo frío.

Tampoco miedo.

Me siento bien. Preocupado, pero bien. Por primera vez desde hace muchos meses, no presto atención al tiempo que flota a mi alrededor: los minutos de los demás. Por primera vez, disfruto con la idea que me impulsa. Tengo una nueva misión secreta.

Acabo de recuperar la ilusión.

¡Estoy sonriendo!

Podría robarme a mí mismo estos minutos, me encantaría aprovechar esta sensación para mi cumpleaños. Pero tengo demasiada prisa.

Me detengo en mitad de la acera. Debo andarme con cuidado, acabo de caer en la cuenta de que me estarán buscando. ¡Soy un fugitivo del colegio! Seguro que ya habrán avisado a papá y mamá. La que se va a liar…

Siento provocar este susto a mi familia, pero mi misión es vital. No puede esperar. Ojalá lo entiendan cuando todo pase.

El problema es que, si sigo con la Idea, será imposible mantener en secreto a qué me he estado dedicando durante estos meses. Mi nuevo objetivo me pone en evidencia.

Mis robos saldrán a la luz.

Pero no me importa. Ya no.

Estoy dispuesto a pagar ese precio. La cárcel no puede ser mucho peor que lo que he estado viviendo estas últimas semanas.

Continúo con mi avance. Evito las calles más concurridas hasta llegar a la que me interesa. Ante mí queda el enorme caserón donde jugué tantas veces con ella.

Es muy reconocible: con sus balcones, su fachada de ladrillo rojo, sus grandes cristaleras, la puerta de madera oscura con el pomo dorado.

La casa de Laura.

Cuánto tiempo hace que no venía por aquí. ¿Cómo he podido equivocarme tanto?

Qué tremendo silencio transmite el edificio. Intimida. Desde el tejado, gotea una cañería. A lo mejor esa es la forma que tienen de llorar las casas cuando se aproxima una despedida en su interior.

Busco con la mirada la ventana de la habitación de Laura. Las cortinas están corridas. Imagino a mi amiga tendida en la cama, con fiebre, muy débil. Tan cerca de la calle donde muchas veces nos hemos perseguido, pero tan lejos al mismo tiempo.

Tan lejos de nuestros juegos, de nuestras bromas.

Imagino sus ojos verdes medio cerrados.

Llego hasta la entrada. Tengo que reunir todo mi valor para llamar al timbre. Pulso el botón.

Oigo pasos más allá de la puerta.

Me abre un señor muy serio a quien no conozco.

–¿Qué quieres? –me pregunta–. No es buen momento.

–He venido a ver a Laura –le digo en voz bajita–. Me llamo Edu. Soy amigo suyo.

El señor se me queda mirando durante unos segundos. Repara en mi mochila.

–Lo siento, Laura está enferma. No puede recibir visitas.

Va a cerrar la puerta y no hay tiempo para más explicaciones. Tengo que entrar o se arruinará mi plan.

El tipo no se espera mi maniobra. Se aparta hacia dentro para empujar la puerta y entonces aprovecho para colarme de un salto. Paso junto a sus piernas (por fin una ventaja de este cuerpecillo mío) y echo a correr en dirección a la escalera.

Conozco muy bien la casa, no podrán detenerme antes de que llegue al cuarto de Laura. A mi espalda oigo los gritos del señor desconocido que se lanza detrás de mí.

Nada más se oye. Todo parece demasiado quieto. Debería ser obligatorio un mínimo nivel de ruidos en cada casa. Una casa sin ruido no es un hogar.

Llego al segundo piso, recorro el pasillo hasta la cuarta puerta. Freno un segundo y entro sin llamar, el señor desconocido está a punto de alcanzarme.

Me detengo e intento recuperar la respiración. La habitación está como siempre, aunque huele a cerrado: el armario, las estanterías llenas de libros de cuentos y peluches, la pared con los pósteres, la lámpara de la que cuelga Saturno. Y la cama, ahora ocupada por el cuerpo blanquísimo de Laura tapado por unas mantas. A su lado se acaban de levantar sus padres.

Mi brusca aparición los ha asustado. Me contemplan con caras muy pálidas. Se les ve mucho más viejos de lo que recordaba, viejos y cansados. Tienen los ojos enrojecidos y brillantes de todas las lágrimas que están a punto de desbordarse en ellos. Cada uno se apoya en el otro, se sostienen con la mirada. Dan sensación de dolor.

No me atrevo a avanzar más. Tengo miedo de no saber bien lo que estoy haciendo, no quiero provocar más daño. ¿Cómo he sido capaz de llegar hasta aquí?

Al principio nadie dice nada, aunque me han reconocido. Hacen una seña al hombre que ha entrado detrás de mí, que retrocede y cierra la puerta desde el pasillo.

–Hola, Edu. Cuánto tiempo –la mamá de Laura se acerca por fin y me da dos besos frágiles–. Gracias por

venir. Cariño —se vuelve hacia la silueta inmóvil de la cama—, ¿sabes quién ha venido a verte? ¡Qué detalle!

La voz de la mamá es apenas un susurro. Como si sus palabras se evaporaran apenas las pronuncia. Laura, que parece dormida, no abre los ojos. Solo gime. Ella también da la impresión de estar a punto de desvanecerse. Su pelo larguísimo cubre la almohada. Ese pelo que siempre olía tan bien.

Me llevan junto a Laura. Le acaricio la mano que queda a mi alcance, tiene una piel de estatua. Noto sus venas azules. Respira como deben de respirar las estatuas: con la boca entreabierta y suspiros invisibles.

—Háblale —dice la mamá—. Puede oírte.

—Acabamos de traerla del hospital —murmura su papá, desde el rincón—. Queremos que pase sus últimas horas en casa…

Se interrumpe. Se ha llevado las manos a la cara. Sus hombros tiemblan y yo empiezo a desorientarme. Nunca he visto llorar a un adulto.

Quiero huir de aquí. Con Laura.

Durante estos meses, he aprendido lo que pesa el tiempo si no se vive. Y ahora, en medio de esta habitación en penumbra, descubro el paisaje de la tristeza.

No tendríamos que estar aquí. Ni ella ni yo. Quiero que volvamos a reírnos juntos, a correr por el campo, a contarnos secretos, a vivir aventuras.

—Laura… —comienzo, con mi voz de pito más aguda que nunca—. Soy Edu, ¿me oyes?

No noto ninguna respuesta. Le aprieto la mano tan blanca. Y entonces, cuando resbalan mis primeras lágrimas, se dibujan en el rostro de ella dos grietas verdes.

Ha abierto un poco los ojos. Muy poquito. Pero los ha abierto.

Su mamá ahoga un gemido detrás de mí. El padre también se acerca.

Sí. Laura me está mirando.

Consume sus últimas fuerzas para verme y yo no sé si lo merezco.

Qué extraña pareja formamos: la niña enferma y el niño sin cumpleaños.

—He sido un tonto —le susurro al oído, inclinándome junto a ella–. ¿Me..., me perdonas?

Sus labios sin color apuntan una levísima curva. Laura está sonriendo.

Lo tomaré por un «sí».

Laura vuelve a sonreírme. Yo también a ella. Entre los dos hemos iluminado la habitación. Y sin necesidad de máquinas ni lámparas.

Le doy un beso en la mejilla.

—He venido porque tenemos que recuperar el tiempo perdido —le digo–. ¿Estás preparada?

Ella me aprieta la mano.

Todavía llevo la mochila a la espalda. Me la descuelgo, la apoyo en el colchón y deslizo su cremallera. Todo esto sin soltarle la mano a Laura, lo que requiere una gran habilidad.

No pienso quitarle ni un segundo más de mi compañía.

Acabo de sacar la máquina de la mochila, esta vez con las dos manos. Intuyo la mirada asombrada de los padres de Laura, pero nadie rompe el silencio. Ellos se conforman con ver esa sonrisa que no se apaga en el rostro de su hija. Una sonrisa que era ya solo un recuerdo.

Y aquí está, este extraño aparato con su pinta de exprimidor de fruta y su pantalla en la que brilla el número mil cuatrocientos veinticinco en rojo.

Presiono la tecla de *power*. No tarda en encenderse la luz verde.

Observo el depósito de cristal, los destellos de la arena en su interior. Está casi a rebosar. Mi sueño. Más de mil cuatrocientos minutos de felicidad disponibles, un tesoro que me ha exigido muchos meses de esclavitud. Más de veintitrés horas de alegría a mi disposición. Un tiempo que, en el fondo, no me pertenece.

Es alegría de todos.

Ya no quiero recuperar mi cumpleaños. Nada conseguiría con ello. Me he estado engañando.

Quiero que sea ella quien pueda estrenar una nueva edad. Por fin lo tengo claro.

Oriento la boca aspiradora de la máquina hacia Laura.

–¿Cuándo llegará la medicina que puede curarla? –pregunto, volviéndome hacia los padres.

Ellos se miran. Los ojos se les han cubierto de lágrimas.

–Mañana –responde la mamá–. A mediodía.

Su voz, su expresión, el modo intenso en que entrelaza sus manos con las del papá de Laura confirman que será demasiado tarde. Los médicos no han dejado margen a la esperanza: para entonces, Laura ya se habrá ido.

Para entonces, Laura estará muerta.

¡Ella necesita un día!

Miro mi reloj. Ahora son las cuatro de la tarde. Laura necesita resistir veinte horas más para salvarse, para salvarme.

Y yo tengo aquí, en este depósito, veintitrés.

Son tuyas, Laura. Aprovéchalas. Nadie las merece más que tú.

Vuelvo a estrechar su mano, cada vez más fría. A pesar de su debilidad, ella mantiene el esbozo de sonrisa.

Sí, es un «esbozo». Una sonrisa sin terminar.

Sus ojos, en cambio, se han rendido y permanecen ahora cerrados.

–Sigo aquí –le susurro–. Contigo. No te rindas, Laura.

Noto su presión ligera entre los dedos.

Mi otra mano se ha ido aproximando al último botón de la máquina, el de color negro. Me toca despedirme definitivamente de mi cumpleaños. Después de tantos sacrificios, de tanto sufrimiento, me dispongo a renunciar al botín. Esta arena...

Sin embargo, ya me he equivocado bastante. Ahora toca elegir.

Y elijo a Laura.

Sin pensarlo más, aprieto la tecla negra.

Se escucha un zumbido y de la boca aspiradora empieza a brotar un soplo de aire que agita las mantas que cubren a Laura, su cabello, las páginas de los libros en las estanterías, los pelos de mi flequillo. Saturno ha empezado a orbitar alrededor de la lámpara.

Es una brisa fresca, apacible, luminosa, cargada de energía. Nos envuelve. Una ráfaga de oxígeno puro. Siento como si hubieran abierto las ventanas de par en par en plena primavera. El dormitorio se colapsa de luz en cuestión de minutos (nunca mejor dicho).

Qué paz.

Qué ganas de gritar, de saltar, de bailar. A duras penas me contengo.

La pantalla roja de la máquina continúa su cuenta atrás: mil cuatrocientos cinco, mil cuatrocientos cuatro, mil cuatrocientos tres… Los minutos de felicidad se van precipitando sobre Laura, que acaba de abrir sus ojos verdes por completo.

Ella se sumerge en esa catarata de luz. Su sonrisa se transforma, se hace sólida. Sus delicadas carcajadas comienzan a escucharse, nos envuelven. No hay mejor melodía que la risa de una niña feliz.

Sus padres se abrazan, sin comprender aún qué está ocurriendo. Y hay tanta claridad a nuestro alrededor.

Sí, este es el clima que yo hubiera querido para mi cumpleaños. Habría sido perfecto.

Conforme el nivel de arena va bajando en el depósito,

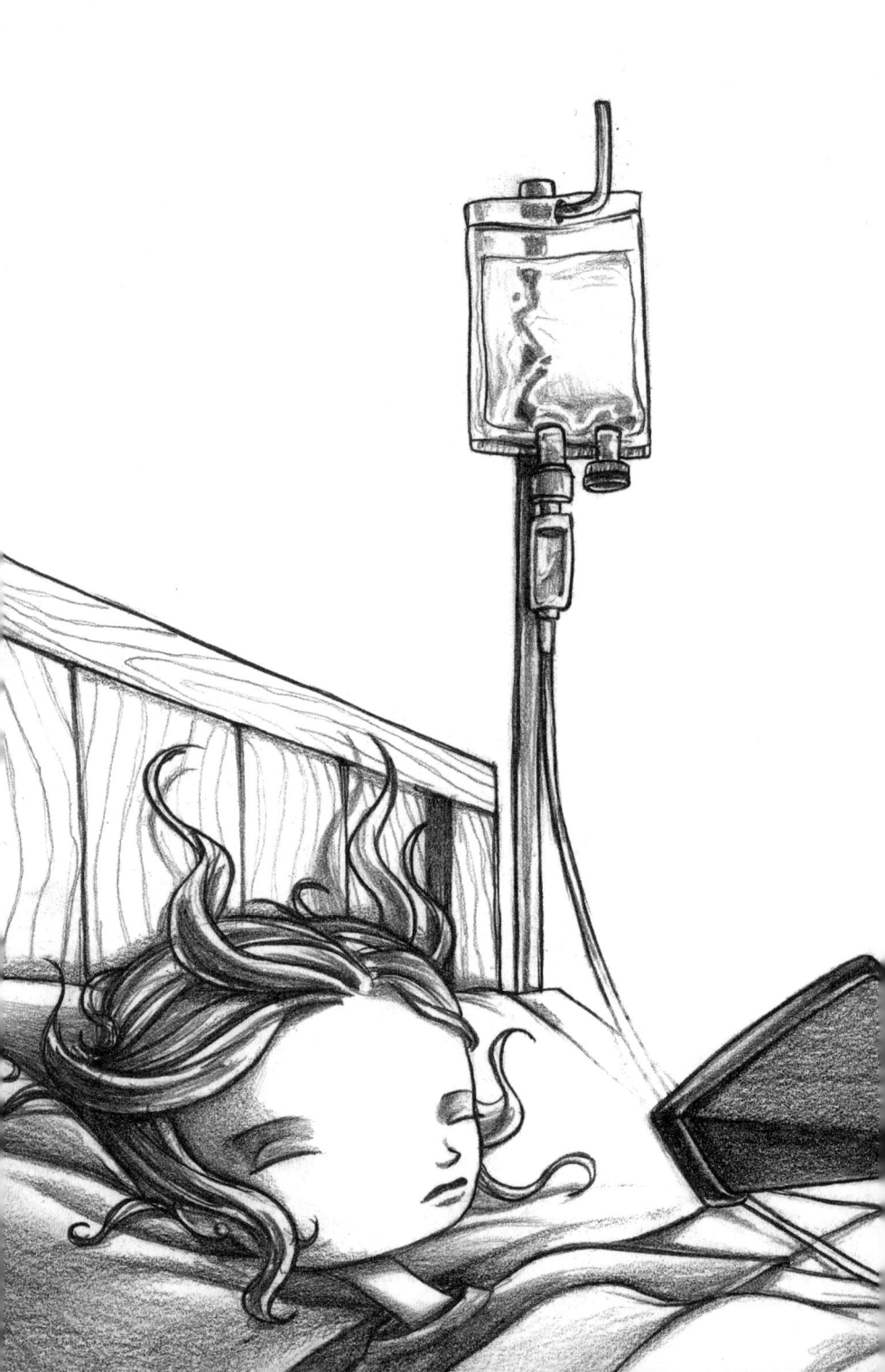

yo me siento más libre. No importa lo que pueda ocurrirme a partir de ahora. La verdad es que no me importa nada.

Soy feliz.

El depósito sigue vaciándose a buen ritmo: mil doscientos, mil ciento noventa y nueve, mil ciento noventa y ocho...

Me doy cuenta de que ya no necesito ese día extra con el que he soñado tantas noches durante los últimos meses. No es posible sentirse mejor que como yo me siento ahora mismo. Voy recuperándome, vuelvo a ser el de siempre.

Empiezo a reconocerme.

Laura se ha incorporado en la cama, lo que deja a sus papás sin habla. Extiende los brazos hacia mí, hacemos como que bailamos. Qué absurdo y qué maravilloso todo.

Ella abraza ahora a sus padres. Lloran, pero son lágrimas de un sabor distinto. Lágrimas de felicidad, de esperanza.

Y, mientras tanto, su medicina va venciendo la distancia. Llegará a tiempo. Laura va a vivir.

CAMBIOS DE SUCURSAL Y RISAS INFECCIOSAS

Laura está guapísima. Ha recuperado el color y sus ojos brillan más que nunca.

Son como esmeraldas, le ha dicho su mamá. Estoy de acuerdo.

La medicina ha hecho su efecto. Aún tendrá que guardar cama durante una semana, pero se encuentra mucho mejor.

El problema ahora es que tiene tal sobredosis de felicidad que no deja de reírse. Y como su risa es muy contagiosa, pues yo tampoco paro de reírme. ¡Y así es imposible mantener una conversación!

Acabaremos con agujetas en la tripa.

Pienso ir a visitarla todos los días. Sin la mochila.

Al final, las Autoridades han tenido en cuenta el buen

uso que hice de los minutos robados y han decidido no acusarme del delito de «robo de tiempo». A cambio, me han exigido la entrega de la Succionadora para su «destrucción inmediata».

Yo quería cumplir el pacto con don Vinicius y devolverle la máquina, pero no he tenido más remedio que cumplir la condición de la policía.

Al menos he acudido a la Tienda de Cosas Prohibidas para explicar al Dependiente lo sucedido. Papá siempre dice que hay que dar la cara y afrontar las consecuencias de lo que hace uno.

Así que me he armado de valor y, acompañado por mamá, he ido a la Tienda. ¡Qué rabia decepcionar a don Vinicius!

El problema es que no hemos logrado dar con él. Al llegar a la esquina de la Tienda, nos hemos encontrado con el local vacío y un cartel donde podía leerse: «Cambio de sucursal».

Me hace gracia la situación. La policía no encontrará nada cuando averigüe de dónde saqué la máquina (yo he mantenido el secreto). Se cumple lo que predijo don Vinicius, cuyo rastro es ahora imposible de seguir.

Me pregunto en qué lugar del mundo abrirá de nuevo su misterioso negocio. Y si se atreverá a volver a ofrecer alguno de sus productos prohibidos a un chico que lo necesite igual que yo. Porque aquí, al final, ha merecido la pena este desafío. Se ha salvado una vida. Bueno, dos. La mía también.

Enganchado a la verja del local descubro un sobre a mi nombre. El Dependiente se despide de mí con una breve carta:

Estimado Niño Perpetuo:

Lamento no poder esperarte, pero debo irme ya. He descubierto un maravilloso establecimiento en otro continente donde podré exhibir mi mercancía a la perfección. ¡Ya tocaba cambiar de aires!

No te preocupes por la devolución de la máquina. Le has dado un uso tan encantador que todos hemos hecho negocio con ella, así que considero el contrato cumplido. Te has convertido en mi mejor cliente.

Tomaste la decisión correcta, muchacho. Bravo. Has sido valiente.

Y no lo olvides, Jovencito De Diez Años. Sé feliz, tengas la edad que tengas.

Un abrazo, ¡y mucha suerte!

Fdo.: Vinicius Gilmore
Dependiente General de la Tienda de Cosas Prohibidas

CUMPLEAÑOS FELIZ

Papá y mamá también me han perdonado gracias a mi generosidad al ceder el tiempo robado para que Laura se curase, aunque les ha dolido mucho que yo les mintiera. ¡Me arrepiento tanto de haberlo hecho! Les he prometido que a partir de ahora siempre confiaré en ellos.

Ni siquiera me van a castigar por el susto que les di al fugarme ayer del cole. Por lo visto, estuvieron horas buscándome por toda la ciudad. Siento mucho haber provocado tanta preocupación y tal lío en el colegio. Ahora resulta que me he convertido en un alumno muy popular; se ve que no hacía falta tener cumpleaños para ser un héroe, ¡y yo sin saberlo!

Incluso Martín me respeta, y la compañera Superflua me mira de otra forma; me va a ayudar con las matemáticas, así que dejará de ser «superflua».

Ahora que vuelvo a ser el mismo, el de siempre, todo es más fácil en casa. Hasta mi hermana parece motivada para estudiar (aunque vuelve a quejarse de que la vida es un asco cuando no la llama su novio).

Qué bien se vive sin el peso de un secreto.

Lo único que ha dicho la abuela al enterarse de todo ha sido:

—Qué drama.

Y eso que nadie llora. Justo después se ha quitado los dientes.

Me encanta recuperar esta rutina familiar. Nunca me ha parecido tan acogedora mi casa. Y tan segura.

Al caer la tarde, acudo a ver a Laura. Ella cada hora que pasa está mejor, sus padres me reciben como si fuera un rey. Se les ve tan felices... ¡Han rejuvenecido! Me abrazan, se escucha música desde el salón y la merienda que nos preparan sería suficiente para un regimiento. La casa entera parece a punto de explotar de alegría. Y de salud. Seguro que la cañería del tejado ya no gotea.

—¿Qué día es hoy? —me pregunta Laura, desde la cama.

Su sonrisa es todavía más espléndida que la que ofrecía al comienzo de la tarde.

—Siete de octubre —contesto.

No he dudado. Ayer fue cinco, luego hoy es siete de octubre de acuerdo con el nuevo calendario legal.

—Te equivocas —me guiña un ojo.

No entiendo.

—¿Qué es esto? ¿Una adivinanza?

–Algo así.

Me entrega un paquete envuelto en papel de regalo.

–¡Muchas felicidades, Edu!

Yo tomo el paquete con cara de asombro.

–¿Felicidades? ¿Por qué?

–¡Porque hoy no es siete de octubre, tonto! ¿No te has enterado?

Yo sigo sin comprender. Bastante ocupado he estado intentando librarme de la cárcel por el robo de tiempo.

–¿Enterarme? ¿De qué?

–Después de todo lo que ha pasado, mi tío se ha dado cuenta de que cada minuto es importante. ¡A mí me ha salvado la vida un único día! Gracias a esas veinticuatro horas, he podido tomar a tiempo la medicina.

–No era un simple día, Laura –me quejo en broma–. ¡Era el día más feliz del universo! Te lo dice quien lo fabricó…

Ella me da la razón y los dos empezamos a reírnos por enésima vez.

Laura me tapa la boca con una mano. Yo todavía sostengo el paquete envuelto.

–Mi tío –anuncia ella–, desde su posición en el Gobierno, acaba de volver a incorporar al calendario el seis de octubre. «No sobraba ningún día en el año», ha dicho. Y lo ha colocado en su sitio de siempre. El año vuelve a tener trescientos sesenta y cinco días, Edu –concluye–. ¡Así que hoy es tu cumpleaños!

Me he quedado mudo, me cuesta creer esa noticia. No

sé qué decir, todo me da vueltas. ¿Vuelve a existir el seis de octubre? Y yo que pensaba que uno no podía sentirse más feliz…

Soy de nuevo un niño completo.

Desenvuelvo el paquete que me ha entregado Laura con manos aún temblorosas. Es una agenda nueva.

–¡Recién salida de la imprenta! –me dice ella–. Anda, comprueba qué día es hoy.

Lo busco. Y, tal como ha dicho Laura, después del día cinco de octubre…

…Aparece la página con el seis, igual que en la agenda prohibida de don Vinicius.

Hoy es seis de octubre. Y lo será durante todo el día.

Hoy es mi cumpleaños. Acabo de cumplir once años.

Laura aproxima su cara perfecta, suave, y me da un beso en la mejilla. Su pelo largo me hace cosquillas.

–Que cumplas muchos más, Edu.

Nos abrazamos. Somos los mejores amigos del mundo.

–¡Y ahora felicítame tú a mí!

Me dejo hipnotizar por sus ojos verdes, que me contemplan, inmensos.

–¿Por qué tengo que felicitarte? –pregunto–. ¡Me quieres robar protagonismo!

Ella no pierde su sonrisa:

–Gracias a ti hoy he vuelto a nacer, Edu. Mi vida comienza de nuevo. Por eso, a partir de ahora, esta será la nueva fecha de mi cumpleaños. Lo he decidido.

Y a mí me parece una idea buenísima. Acabamos de convertirnos en «hermanos de cumpleaños».

–¡Muchas felicidades, Laura! –grito, abrazándola–. ¡Que cumplas muchos más!

–¡Que cumplamos los dos muchos más! –me corrige sin soltarse.

Nos ponemos a dar saltos sobre la cama para celebrarlo.

Pronto tendré que irme. Aún no sospecho la fiesta sorpresa que me aguarda en casa. Allí esperan mis compañeros del colegio, mis amigos de la plaza, mi familia, los vecinos. Han acudido todos.

Nadie ha querido perderse mi cumpleaños.

Sin darme cuenta, me he convertido yo mismo en una máquina de fabricar minutos felices.

Más tarde, de camino a casa, imagino la figura de don Vinicius dedicándome una última mirada desde algún remoto lugar. Tal vez me guiña un ojo conforme se aleja hacia el horizonte con su cargamento de cosas prohibidas. «Mi mejor cliente», le oigo susurrar mientras se alisa su bigotito. «No dejes nunca de vivir la vida con una sonrisa, Niño Eterno».

FIN

AGRADECIMIENTOS

Varios buenos amigos han intervenido en *El ladrón de minutos*. En especial, debo mencionar el apoyo de Alberto Baeyens y la generosidad de David Cámara al compartir conmigo una anécdota personal que me permitió idear la aventura del protagonista. Junto a ellos, David Guirao por su increíble talento para convertir en imágenes mi historia, Diego Chozas –muy reconocible su sello en algunas escenas–, Sandra Bruna, Francesc Miralles, Pepe Trívez, Begoña Oro y Alfonso Sebastián aportaron también sus lecturas sabias.

A todos ellos, mi más cálido agradecimiento. Es un lujo concebir historias en tan buena compañía.